Familien-bande

von
Helma Gerjets

Impressum:

Helma Gerjets
Familienbande
2. Auflage im November 2017

ISBN:

9 783848 223534

Herausgeber V.i.S.P.

Selbstverlag Helma Gerjets
Oldenburger Straße 11
26 835 Hesel
04950 / 9877566
herbert.gerjets@ewetel.net

Lektorrat:

Bi sik sülben !

Fotos:

Hanna Plümer
Henning H. Hinrichs

Herstellung und Verlag:

Bod – Books on Demand –
Norderstedt

Copyright:

Helma Gerjets
Henning H. Hinrichs

Wa in dir Book steiht

Familienfier

Mit Tronen in Ogen keem Katja van't Klo. „ Wat hest du denn?" „De Tant daar mit ehr blauen Bluus hett mi up Klo utschullen!" Susanne keek. Oh, dat weer ehr Kusin Hildegard. Dat weer so en griesgrämigen Naupint. „Waarüm hett se denn mi di schullen?" Susanne wull nu eerst de Grund wöten un wehe, dat weer nich berechtigt. „Ik harr vergeten mien Hannen to waschen." schnücker Katja. „Ik wull doch glieks weer ruut no buten up de Speelplatz na de anner Kinner. De weren doch sowieso weer schidderg wurden." „Dat wöötst du doch, dat du dien Hannen waschen musst! Du wöötst doch gar nich, well daar all up Klo ween hett! Hildegard hett recht. Hest du dat denn noch maakt?" Katja schnücker immer noch. „Jo, hebb ik!" „Denn beruhig di man un goh

weer hen to spelen."

Ditmaal kunn se ehr Kusin dat nich vörschmieten. Viellicht wies dat sogaar Wirkung. In Huus predigen Heino un se dat ok stadig. Katja, ehr lütten Flippie, harr dat aver immer to drock. Susanne wull up disse Familienfier kien Meut maken. Se sülvst fund dat ok ekelig.

Aver Hildegard weer nich Hildegard ween, wenn se nich noch extra bi ehr ankomen weer un ehr dat ünner d´ Nöös rieben muss.

„Hildegard, dat is en Kind! Se mööt dat noch lehren!" „Ja, was Hänschen nicht lernt, lernt Hans nimmer mehr! Laat di dat seggt wesen!" betoon se mit erhoben Wiesfinger. „Mien Kinner ertreck ik al to vernünftig Minschen. Dat gifft annern, de hebbt kien Künn van Hygiene!

Eenmaal hebb ik up en Bustour beleevt, dat de Paus maken, sülvst all Brötkers schmeren. De Mannlüü weren vörher in´t Gebüsch ween. Ik hebb mi do en dröög Brötker kregen un en Schiev Kääs daarto. Dat harr ja nümms anfaat."

„Ih, nee! Sowat geiht ja gar nich! Ik hebb aver ok maal so en Beleevnis hat. Ik arbeid do noch in´t Karkenbüro. Up Karkplatz weer immer de Wekenmarkt un an disse Dag maken wi denn de Toiletten open för de Marktbeschickers. Jo, un do dreep ik daar ok maal up en van de Froolüü. Ik hebb ehr bloot ruut gohn sehn. Ik harr aver genau sehn, dat se üm de Waterkraan en Bogen maakt harr.

Daar schull ik mien Fleesch noch van kopen? Ih, nee! Aver de Waren weren anners good. Ik schull an de Dag aver noch Glück hebben. Ehr Baas keem noch bi mi in´t Kontoor. Do hebb ik hüm ünner veer Ogen de Geschicht vertellt. Dat gung ja nich. Ik hebb hüm ok glieks seggt, dat he mi daar ruut laten schull. He kunn ja man en Vördragg över Hygiene hollen. He hett sik düchtig över de Verköpersch upreegt. Daar mööt woll wat passeerd ween. Sietdem draagt de nämlich Gummihanschen."

„Dat kunn he sik ok ja nich leisten, wenn du dat wieder vertellt harrst, harr he sien Stand schluten kunnt." Susanne wunner sik, dat Hildegard dat nich an groot Glock hangen harr. Dat weer ehr totótrouen ween. So ähnlich as: Herr Lehrer, ich weiß was!

Irgendwenner gung de Familienfier ok to Enn un Katja lehr bestimmt noch, dat se de Hannen waschen muss.

Muttertag

Daar killer Susanne en leckern Röök in de Nöös. Se leeg noch in´t Bedd un räkel sik nochmaal. Susanne keek up denn Wecker. De wies al na acht Ühr an. Bilütten muss se togang. Van Middag kreeg se veer Personen to eten. Weren woll all egen Lüü, dat Huus schull aver ja up Stee wesen.

As se ünner d´ Bruus stunn, klopp dat tegen de Döör. „Mama, nu büst du doch al upstohn! Is doch Muttertag, un wi wullen di Fröhstück bringen!" Katja, ehr lüttste, stunn vör d´ Döör. Se weer enttäuscht. „Maakt man Fröhstück up Disch, denn eet wi glieks all mitnanner. Dat dürrt noch ´n Moment. Ik mööt mi noch antrecken." „Good! Denn musst du in Schloopstuuv töven. Wi holt di denn!"

Susanne maak sik in Ruh fertig. Do wurr se to en groot Fröhstück afholt. Heino un de Deerns harren al Brötkers holt un Eier kookt. En mojen Blömenstruuß luur up ehr. Orangensaft, Lachs, feinen Kääs, all wat se gern much, geev dat. Dat wurr en richtig Festmahl.

Bloot de Wiesders up de Klock rönnen. „Heino, denkst du daaran, dat du noch hen musst to Spargel kopen? Schink un Hollandaise hebb ik al mitbrocht un Tuffels ok." „Mama, ik mach doch kien Spargel. Kookst du mi wat anners?" Saskia weer mit ehr Sonderwünsche. Aver se keen dat ja al. Heino sien Lieblingseten weer dat ok nich. „Hopentlik hest du ok Schnitzel mitbrocht. Dree Stangen Spargel un en beten Schink reicht för mien lang Liev nich. „Ik hebb mooi Hähnchenschnitzel köfft, kien Angst, un Spinaat gifft dat för jo ok noch." Dat Gemüüs weer för de beid wat leckers.

Heino wull sik glieks na ´t Fröhstück up Padd maken. 3,5 kg Spargel weer en mojen Barg. Sülfst schielen wull Susanne de up Muttertag nich. Bi de Spargelbuur geev dat en Maschin, de kunn dat flinker un gründlicher för wenig Geld.

Graat rüüm se nu dat Huus up. De beid Omas schullen doch nix to meckern hebben. Sahne för de Pfirsichkook wull se noch klaar schlaan. Zitronenkook stunn in Spieskamer. De beid Deerns kunnen woll al de Disch decken. Sobold Heino weer intrudelt weer, wull se de Tuffels un de Spargel upsetten. Schnitzel braden al sinnig in Pann un kregen denn en warm Stee in d´ Backovend. Susanne arbeit sik sowiet as dat gung vör.

Daar pingel dat al. Ehr Schwegerollen stunnen mit en mojen Pottblööm vör d` Döör. „Ji schullen mi doch kien Blööm mitbringen. Dat Eten is so toseggen de Muttertagsblööm. Kaamt graad wieder. De beid Deerns hebbt al de Disch deckt. Sett jo hen. Heino schall woll so weerkamen. Wat möcht ji drinken?" De en drunk Wien un de anner en Frühschoppenbeer. „Mehr drööf ik denn nich. Wi sünd mit Auto hier. Aver na en good Middageten is dat meste weer verflogen."

Daar schnack in Flur wat. Heino broch dat anner Öllernpaar mit. Nu kunn Susanne ehr Tuffels upsetten un glieks de Spargel in dat kokend Water doon. „Wat rückt dat hier al lecker. Hest du de Pott al up Füür?" Susanne lach: „ Jo, Papa! Dat Gemüüs van Schlachter luurt al. Gifft aver eerst noch wat to drinken. Wat muchen ji beid denn woll? Alkoholfree oder Wien?" Ik drööf van Daag nich, is Muttertag! Wi hebbt letzt Week ok ja eerst ünnerwegs ween." Susannes Vader speel up de Vatertagstour an.

De Mannlüü weren up Vatertagstour ween, Heino, sien Vader, sien Schwegervader un Susannes Bröör Dennis. De veer kunnen düchtig vertellen. Vörmiddags üm half elf weren se mit Rad upbroken. Se weren en üm anner Kroog an ween. Man se harren vörher bi Dennis un Tanja en good Fröhstück hat mit Schink un Eier. So harren se en goden Grundlaag. Middags geev dat nochmaal Schnitzel mit Braadkartuffeln. In jeden Kroog geev dat Beer un ok maal en lütten. Se harren en bült Spaaß mitnanner. Wat en nich wuss, wuss de anner. Schienbaar hebbt de veer Familienvaders sik doch anständig benohmen, wenn man ehr Vertellen Gloven schenken dröfft.

En Kolonn weer ünnerwegs ween mit Bouhelms up Kopp. Viellicht nich dumm, wenn se later en över d´ Dörst drunken harren. Bloot an disse Helms weren an jeden Siet en Halterung för Beerdösen. So weer immer Vörraad daar.

En gewaltigen Schreck hebbt se ünnerwegens kregen. Dat mööt woll üm Teetied ween hebben. Do keem ehr anner Siet Stroot en Koppel jung Mannlüü tomööt. Vader weren de bestimmt noch nich. Aver Beer un Schluck schmuck.

En van de Jungs fohr pielliek up en Laternenpaal daal. Ping!! see dat. He weer mit sien Kopp daar vöör hauen un kipp so van sien Rad af. Sien Helm trüll över d´ Stroot. Johlend stunnen sien Kumpels daar üm to. Nüms keem up de Gedanken, dat he woll Hülp bruuk. So harren se de Rettungsdienst ropen. De Fend leeg ok so aarig to un röög sik nich recht. De Sanitäters harren aver meent, dat he woll Glück hat harr. Sowat kunn aver flink to en Schädelbruch führen. Aver duun Lüü hebbt ja meest en Schutzengel.

Nu weren de Radfohrers bedeent un up Huus anfohren.
Se weren al up Tied bi Susanne wesen. Hier schull to d´ Abschluß noch grillt werden. De Schreck seet noch deep. Se harren sik vörnohmen, sörgsamer mit Alkohol üm togohn.

Nu wullen se sik to Muttertag mit Spargel verwehnen laten. En of twee Glass Wien kunn dat aver woll lieden. De Familie harr en vergnöögten Muttertag mitnanner, namiddags ok noch bi Tee un Kook.

Fluurfunk

Susanne un Heino seten avends gemütelk bi en Glass Roodwien up ehr Terrass. Mit ehr grönen Duum harr Susanne ehr daar so en richtig lütt Paradies van maakt. Wat daar all bleuh. Nich bloot eenfach Geranies un Fuchsies, nee ok de schwarzäugige Susanne, ehr Lieblingsblööm, blinker ehr to, dat flietig Lieschen harr en Stee funnen. Verscheden Funkien weren in Pött verdeelt un Petunien wussen in Ampeln. Rundherüm duften noch veel mehr Sömmerbleuhers un de Immen harren dat hier drock.

Susanne seet daar ok immer in to kraben un utkniepen. Dat maak ehr so recht Spaaß. Bloot dat Rasen maihen un Kanten afsteken överleet se denn gern Heino. He muss sik na Fieravend ok noch wat nützlich maken.

De Keers flacker in dat Windlucht ut en Weckglas mit Sand. En bunten Schleif un en paar Sanddornfrüchte ut Plastik maken de recht mooi. Müggen hullen se all beid nich veel van un kommodig weer dat so ok noch. Tomaal fung Heino an to lachen. „Ik mööt di wat vertellen, wat bi uns in Firma de Runn maakt." He lach immer noch. „En Kolleeg ut de Securityafdelen, en Keerl as en Baar, hett letzt de Gendarms ropen." „Ja, un? Wenn daar wat passeerd is!" „Ja, pass up", vertell Heino wieder, „He hett dacht, bi hüm in Huus weren Inbrekers!" „Kiek! As ik segg!" „Ulf is man so in Ünnerhemd un Ünnerbüx to de Döör ruut fegt. Nee, un sowat is bi de Sekerheitslüü!" Heino schüddelkopp. „Na ja, buten stunn tofällig dat Auto van sien Naversk. Daar hett he sik in verschanzt. Dat daar ehr tweejohrig Kind inseet, harr he in sien Nood gar nich mitkregen. Nu krakeel daar ok noch de Moder up Stroot rüm. Se harr Angst un Bang üm ehr Kind.

Mit Blaulucht un Tatü Tata schöölt de Gendarms daar ween hebben. As eerst hebbt se de Ulf överreedt dat Auto open to maken, dat de Moder an ehr lüütje Söhn keem. Denn sünd se in sien Wohnen un

10

hebbt all afsööcht. Nix. Ulf weer nich to bewegen, rin to kamen. He harr de Gendarms vertellt, dat he duschen wullt harr un do wat Verdächtigs hört harr. Mit Hand an d´ Revolver weren se noch Maal döör dat ganze Huus gohn. Nix hebbt se funnen – bit up, ja bit up en Tupperpott mit Cornflakes, de up Grund leeg."

„Meine Güte, wat en Upstand! Un denn noch nix finnen! Hett de Keerl sik denn bloot so anstellt? Dat köst doch all uns Geld! Well schall sowat betohlen." Susanne wunner sik. „De Geschicht geiht noch wieder. Ulf hebbt se denn överreed, weer rin to kamen. Daar harr man aver nich tegen kieken kunnt un de gode Mann seet mit beid Benen ünnert Kinn up Sofo. En ganz clevern Gendarm weer daar woll bi un de hett noch maal üm sik to keken. Do hett he sehn, waar sik wat beweg: in de Tupperdöös. „Haben sie Cornflakes gegessen?" harr he hüm fraagt. Jo, dat harr he ja. „Ja, in der Dose hat sich jemand verirrt!" „Nich open maken, nich open maken." harr de trillernd Ulf bloot wimmert.

„Wat weer daar nu in de Döös? Doch woll kien Muus?" raad Susanne glieks. „Jo, en lütten Muus mit bruun Knoopogen. De Keerl mööt woll reinweg utflippt ween. Wenn sien Froo dat nich upklärt harr, harr de arm Minsk immer noch up Sofo seten to trillern. Ulf litt ünner en Mäusephobie. He kunn daar nix för. Dat is en Krankheit." „Man en Kerl as en Schapp un denn sowat? Denn musst doch lachen. Hebbt de Gendarms de Muus denn mitnohmen?" „Jo, dat schall woll. Lopen laten drüffen se de daar ja nich weer. Se schöölt hüm woll in en Tierheim brocht hebben – as Kattenfouer."

Susanne amüseer sik noch düchtig. „Wat dat all so gifft un waar de Gendarms all achter to mööt."

Middagspaus

Susanne weer middags noch graad in de Supermarkt rinflitzt. Se harr egentlich bloot noch Spaghetti un Hackfleesch kopen wullt, aver de Inkoopswagen harr sik doch noch füllt. Bi de Kass stunn so as immer en lütten Schlang. Enig Frolüü mit ehr Inköpen, aver ok en Fro mit Kinnerwagen. Se harr dunkel Ringen ünnert Ogen un seeg mööi ut. Daar stellen Susanne un Katja sik achter an.

In de Kinnerwagen legen Twengels, woll so 8 – 10 Week old. De jung Mama kunn woll mööi wesen. Nu keem en öllern Daam mit ehr Rollator up de Kass to schuven. Se harr ehr Waren glieks daarin insammelt. Langsaam kroop de Schlang vörran. Bi ´t Inkopen musst Tied mitbringen.

Daar keem en jungen Mann anstalen. So en Schlipsdrager, de al döör sien Uptreden Unruh un Hektik verbreden de. He töön gliek rüm: „Ik hebb man en Sandwich. Mien Middagspaus is man kört. Ji Frolüü köönt jo de ganze Dag verhalen. Laat se mi man eben vörbie!" un drängel de öller Daam al bisiet. „Ogenblick, annern hebbt ok bloot en körten Paus, wenn överhoopt!" wehr se sik.

Katja weer al vör Angst torüggweken. Se verkroop sik achter ehr Mama. Susanne pack in Ruh ehr Waren ut. De nächst in de Schlang weer se. Se amüseer sik över de resoluut Froo, see aver nix. „Wat denkt se sik egentlik? Dat se hier so döör marscheeren köönt, bloot wiel se en Schlips draagt? Hebbt se nich lehrt, dat man öller Damen tovörkamend behannelt? Mien Kinner hebb ik dat up ehr Levenspadd mitgeven."

De junge Fend trappel all mehr rüm un sien Kopp wurr all roder. „De Moders hebbt faken ganz kien Paus. Se mööt, wenn ehr Kinner schloopt, ehr Huushollen in Örnung bringen, dat heet: uprümen, Stoff sugen, waschen, plätten un so ganz nebenbi willt ji Mannlüü ok ja noch wat to eten hebben. Daarför mööt se denn ok noch inkopen. Wennehr schöölt se denn noch Paus maken?"
Nu dreih se sik in all Ruh üm, legg ehr Waren up dat Band. Se sorteer dat sogaar noch vör. Bi 't Betahlen sörg se ehr letzt Kleengeld binanner. De junge Froo mit ehr Twengels un Susanne mit Katja stunnen siedels un bekeken sik dat Wark. De Froo keem glieks up ehr daal.

„Nee", seeg se, „sowat bruuk ik nich. So'n jungen Schnösel un denn so schnippsch. De mööt dat Leven ok noch kennenlernen." „Jo, all Lüü keken, wo he de Baart d'r bi daal kreeg. Ik bedank mi bi ehr. In Moment hebb ik nich de Kraft mi to wehren. De beid Lütten bruukt mien ganz Tied." De jung Mama bedank sik van Harten.

Nu schnoof, de Schlipsdrager an ehr vörbi. „Moment noch eben, junger Mann", sprook de öller Daam hüm an. „Ik will ehr noch en goden Raad mit up'n Weg geven: Dat gifft en Zauberwort un dat heet „bitte". Dat helpt ok in sükse Situationen." De Mann wuss nich in

13

wecker Muuslock he woll krupen schull un rönn buten Döör.

„So un nu to ehr jung Froo: Ik hebb Tied genoog. Wenn se dat willt, kaam ik geern her un ünnerstütz ehr. Ik pass up de lütt Müüs up, of kook Maal en Pott mit Eten, plätten un Fenster putzen kann ik ok. Se seegt ut, as wenn se jeden Moment ut Schluren kippt." Tomaal kullern Tranen över de Wangen van de jung Mama. „Ik kann ehr aver nich betahlen." „Paperlapapp! Mien Kinner un Enkelkinner wohnt wiet weg. So hebb ik ok noch wat to doon."

Daar harren sik twee söggt un funnen. In de Supermarkt geev dat en Eck, waar man Koffie drinken kunn. Daar setten se sik hen un wullen allens beschnacken.

Susanne freu sik för de Twillingsmama. So harr dat Beleevnis mit de Schlipsdrager ok noch wat goods hat.

Heino is liedend

Heino seet mit Liedensmien up Sofa. „Wat hest du nu denn al weer? Segg bloot du hest al weer Lievpien? Du hest doch gar nich soveel Kohlrabi un Frikadellen eten. Dat geiht nich mit recht Dingen to. Ik maak di moorn eerst en Termin bi d´ Doktor. Van sülvst geihst du ja nich hen!"

So langsaam maak Susanne sik Sörgen üm ehr Leevsten. Dat gung al siet mehr Daag so, dat he över Lievpien klaag. Maal mehr, maal weniger. Bitlang weer he nich van en Doktor to övertügen ween. Heino meen, he muss denn starken Max markieren. Wegen en beten Lievpien geiht man ja nich glieks na en Doktor. En Krüdertee schull helpen un in dat Medizinschapp muss ok doch woll noch en passend Pill ween.

Anspreken weer al gefährlk. Mit schlecht Luun keem he van de Arbeit un dat all wegen de verdaarige Lievpien. „Ik mach woll gliek in Bedd gohn. Ik wööt nich waar hen för Pien. Maakst du mi noch en Kamellentee? De deit mi good! Dat deit mi nu ok in Rüüg sehr un dat treckt bit in Schullerblööd hoch."

Nu reich Susanne dat: „Ik will di de Tee woll maken. Aver du geihst nich in Bedd! Ik roop Nooddienst an! Well wööt, wat du hest. Nahst kippst du mi hier van d´ Stohl. Denk daar an, wi hebbt twee halvwussen Kinner." Heino kunn ehr nich mehr uphollen. Se harr dat Telefon al in Hand: „Köönt se woll herkamen. Ik maak mi Sörgen üm mien Mann." un denn vertell se, waar he över klaag.

„In spätestens teihn Minuten is de Krankenwagen hier. Dat weer ehr so to undöörsichtig. Du musst in Krankenhuus grünnelk ünnersööcht weden." Heino wuss gar nich, wat he seggen schull. „Hier is dien Portemonnaie. Daar hest du ja allens in. Ik kaam di denn na. Eerst mööt ik de Kinner versörgen. Du musst ok ja eerst ünnersööcht werden." beruhig se hüm.
Do pingel dat al. Twee Sanitäter mit en groten Tasch stunnen vör ehr.

„Mien Mann sitt in Stuuv!" Glieks ünnersöchten se hüm. „Wi nehmt hüm mit. In Krankenhuus köönt se grünnelker ünnersöken un ok Blood afnehmen. Se köönt in sowat en Stünnen nakamen un in de Notaufnahme na hüm fragen. Denn wööt he seker al mehr."

Saskia un Katja wussen so flink gar nich wat passeeren de. Ehr starken Papa schull in Krankenhuus? De Sanitäters beruhigen ok de beid Deerns: „Ji beid köönt beruhigt schlopen. In Krankenhuus kriggt jo Papa wat tegen sien Pien un moorn geiht hüm dat al weer beter!"

Mit ehr beid Deerns in Arm stund Susanne in Huusdöör un wunk Heino na. „Ik kaam di na!" reep se hüm to. Mit en Kloß in Hals un en schwaar Hart gungen se rin. „Ji beid goht nu glieks in Bedd. Ik schriev jo de Telefonnummer van Kemal un Traute up. De köönt flink hier ween, wenn wat is. Ik segg daar noch Bescheed. Ji beid sünd ja al groot genoog. Nu geiht Papa vör." „Is Papa schlimm krank?" froog Katja mit Tranen in Ogen. „Ik glööv, so schlimm is dat nich. De Doktors köönt hüm seker helpen. Wi goht moorn tosamen kieken. Ik goh glieks al eben hen. Willt ji noch wat drinken, wenn ik bi Traute anroop?"

Susanne vertell Traute, wat bi ehr los weer. Se boot ehr glieks an, her tokamen. Dat wullen de Deerns aver gar nich. Se weren ja al groot un wullen binanner in Papas Bett krupen. Dat weer denn doch tröstelker. Susanne pack graad en paar Saken, so as Nachttüüg, Ünnertüüg, Waschtüüg un ok de Jogginganzug in de Sporttasch. Se knuddel Katja un Saskia noch maal un denn maak se sik up Weg na dat Krankenhuus.

Glieks wurr ehr de Weg wiesen, waar Heino ünnersööcht wurr. Mit en scheef Grinsen keek he ehr tomööt. „Na, wo föhlst du di? Hebbt de Doktors al wat funnen?" Susanne froog glieks neeisgierig. „De hebbt mi ünnersööcht un Blood afnohmen un süttst ja. Ik hang an Tropf. Daar is Schmerzmittel in, dat wirkt ok al. Ik mööt up de Resultaten luren. De möcht mi ja woll goden Bescheed bringen. Wat schleepst du daar denn all in de Tasch an? Ik will hier nich blieven!"

„Dat is bloot för de Noodfall. Dat fohrt ok freeiwillig weer mit na Huus. Bloot dien Bedd is sowieso besett. Bliev du van Nacht man mooi hier." „Well liggt denn al in mien Bedd?" Do gung hüm en Lucht up. De Kinner weren so as fröher in Papas Bedd kropen.

Dat düür nich mehr lang, do kemen sien Ergebnisse. Nu wüssen se ok, wat hüm al siet Dagen pienig. Heino leed an en Magenschleimhautentzündung.

De Nacht drüff he noch in't Krankenhuus verbringen. Nächst Dag wurr he mit en Diät entlaten. Dat muss sinnig verhelen. Katja un Saskia weren blied, dat se ehr Papa weer in Huus harren.

Heino harr aver en Lehr daaruut trucken. He wull nu up jeden Fall Vörsörg drapen un sik regelmässig ünnersöken laten. Ümsünst wurr man daar van de Doktors nich up henwiesen. He harr ja en Familie to versörgen!

Terrassaloniki

Susanne un Heino harren beschloten, dit Johr nich weg tofohren in Urlaub. In´t Föhrjohr weer Saskia ehr Kunfirmation ween. Dat harr allerhand Geld köst. Uns Ostfreesland weer ok mooi un so en beten Heimatkunde kunn ok nich schoden.

Saskia un Katja weren gar nich begeistert. Saskias eerst Anwort: „Dat geiht ja woll gar nich.! All mien Fründinnen fleegt in Urlaub no Gran Canaria, up Malediven oder no Dänemark. Un ik? Ik schall hier in Huus versuren? Spinnt ji?" Se wurr richtig kiebig. „Freundchen, wenn du frech werden wullt, passeerd in Ferien nix. Denn kannst du würgelk in Huus blieven! Du wöötst doch noch gar nich, wat wi vörhebbt." „Papa, wi mööt doch nich de ganze Ferien in Huus sitten?" Katja harr daar al wat över nodacht.

„Nee, dat willt wi nich. Wi willt bloot nich utwärts schlopen. Dat Hotelgeld willt wi sparen. Wi köönt uns hier jeden Dag wat anners vörnehmen. Ji köönt Vörschlääg maken, waar wi all hen wüllt. Aver nich bloot hen to boden! Dat kann ok maal en Dag." Susanne harr ehr Deerns dat verklaart. „Ji hebbt doch en Klapprekner. Kiekt daar doch maal in, wat man all so maken kann. Man kann sik aver ok bi de Touristikinformation schlau maken. Wat meent ji denn, waar all de Urlaubers her wööt, waar hier wat loos is. Maakt jo doch maal up Paad daarhen un fraagt no, of ji ok Knickbladdjes oder anner Heften kriegen köönt."

Saskia keek ehr Vader un Moder immer noch skeptisch an. Se glööv nich, dat dat en vernünftigen Urlaub wurr. „Mama, wi hebbt vandaag in School en Ferienpass kregen. Daar steiht seker wat in." Katja weer al in Urlaubsfever. „Denn schrievt jo Vörschlääg up, waar ji Lüst to hebbt. Papa un ik hebbt ok Ideen, wat man so maken kann. Denn sett wi uns tohoop un maakt en Urlaubsplaan."
Susanne un Heino leten ehr Deerns ganz tofree. Se weren gespannt, wat daar woll bi ruut keem. Susanne har sik ok in dat Raadhuus

erkünnigt un veel Ünnerlagen mitkregen. De en frünnelke Froo geev ehr sogaar noch wat mit ut dat vergangen Johr. Se kunnen sik ehr Ziele ja utsöken. Bloot de Daten stimmen nich mehr. In´t Internet kunnen se denn genau tokieken. Ganz heimlich stellen se ehr Programm up. Dat weer bolt as Wiehnachten. Up jeden Fall genauso spannend.

Saterdag avend, glieks no ´t Avendbrood kemen de Deerns mit ehr Plaans anschlepen. Jeder harr för sik wat funnen. Manch Saken weren ok in all Plaans, so as en Fohrt no Hodenhagen mit Ferienpass, Saskia wull no de Disko in d´ Jugendzentrum un Katja no en Märchenspeel. So fung dat ja al mit faststohend Daten an. Denn funnen se en Spazeergang mit de Nachtwächter döör Jever spannend un dat Schlöß wullen se ok bekieken. Van Frollein Maria harren se wat lesen. „Ik much woll maal mit Schipp fohren!" froog Katja. „Un ik much woll up en Insel!" „Wi fohrt bi mooi Weer en Dag maal no Langeoog oder wat hollt ji van en Wattwanderung?" froog Heino. Dat lehn Susanne glieks af. „Dat schaff ik mit mien Been noch nich. Ik hebb aver noch en Idee to Schipp fohren: mit de oll Raddamper in Carolinensiel kann man fohren un daar is ok en Buddelschippmuseum."

Denn harren se noch de Tierpark in Emmen up ehr List, dat Museum in Moordörp un Susanne wull al immer maal no de Festung Bourtange in Holland. „Wi hebbt doch anners ok al maal daarvan schnackt, dat wi no de Seehundstation no Nörddiek wullen un no de Seehundbänke ruutfohren. Wat is daar denn mit?" Heino maak ok noch en Vörschlag. Nu wurr as eerst de Kalenner kregen. Heino harr ja bloot 14 Daag Urlaub. He wull in Harvstferien noch maal freei hebben. De Termins mit de Ferienpass wurden as eerst indragen. De Nachtwächter leep ok nich jeden Dag un so wieder. Jeder drüff sik nu en Saak wünschen. So füll sik de Kalenner. Boden gohn harren se gar nich mit indragen. Aver dat kunn man avends noch maal en bit twee Stünnen. All veer wunnern sik, dat se so en vullen Urlaubskalenner harren. Nu hopen se up mooi Weer. De Deerns harren in de Ferienpass noch wat funnen, wat ehr woll Spaaß maken kunn. Saskia wull töpfern un Katja wull Sportafteken maken.

Teihn Week later, mittlerwiel weer dat Anfang September, gung dat all weer sien gewohnten Gang. Heino muss jeden Dag weer no d´ Arbeid un Saskia un Katja gungen jeden Dag no d´ School. Se harren no de Ferien so veel to vertellen hat, so veel harren ehr Frünnen in ehr Urlaub nich beleevt. Saskia un Katja weren sik enig mit ehr Mama un Papa: se harren en besünners mojen Urlaub hat. Jeden Dag weren se ünnerwegs, maal en halben Dag un ok maal en ganzen Dag.

Tüschenin wurr avends de Grill anbött. Mama un Saskia maken mojen Salaad. Bit in dunkeln seet de Familie buten bi ehr Logerfüür. Nüms schnack mehr van langwieligen Urlaub. Se harren nich Maal all Vörschläge schafft.

In Harvstferien wullen se sik noch maal en Plaan maken. Dat harr so en Spaaß maakt. Ehr Schoolkameraden weren richtig niedsch up ehr, wiel se soveel beleevt harren un dat so dicht bi Huus.

Man bruukt nich in Urlaub flegen. Terrassaloniki is ok mooi!

Een wat annern Radtour

De letzt Daag harr de Sünn sik noch maal Müh geven Enn September. So kunnen Susanne un Heino mit Saskia un Katja noch to en Radtour starten. För ünnerwegs harr se wat to drinken inpackt un ok Schlickers. To middag wullen se sik wat setten laten. Weren ja Ferien un Heino harr sik noch en paar Urlaubsdaag nohmen.

Tegen teihn Ühr maken se sik vergnöögt up Padd. Sogaar de Sünnenbrillen kemen up Nöös. Na good en Stünnen geev dat en lütten Paus. Se weren al en üm anner Kilometer fohren. Nu schmuck woll en Appel un de Sprudelbuddel wurr ok rundlangt. „De Sünn, de steckt so. Schull dat good gohn?" besörgt keek Heino na boven. Daar weren aver bloot Schäfchenwulken to sehn.

Vergnöögt schwungen se sik weer in ehr Sadel. Nu fohren se up en lang free Streck. Ganz wenig Bööm un Strüük stunnen hier. Susanne kreeg dat aver mit de Angst to doon. Van Feerns truck en schwarten Wulkenwand up.

„Un nu? Hier is nix! Weder achter uns noch vör uns sütt dat na en Huus oder en anner Schuul ut. Wi werd bestimmt natt as so Katten!" Susanne stund dat Blarren vör d´ Hals. Se mussen wieder. Nütz nix. Daar pladdern al de eerst dick Drapen up ehr daal. Se loken de Mützen över de Kopp un jogen al wieder. Daar muss doch bolt en Huus oder Schüür kamen! De Bööm weren so spiddelig. De hulpen sowieso nich.

Daar schienen van wieden de rood Dacken van Hüüs. Wat weren se blied. In de eerst openstohend Garagendöör fahr se rin. Susanne bruuk en Paus un de Kinner ok. Daar stunn al glieks en Froo achter ehr. „Wat maakt se denn hier? Willt se mi de Garaag utrümen?" „Nee, nee! Ganz bestimmt nich. Wi wullen uns eben ünnerstellen un uns eben verhalen. Waar sünd wi hier egentlich?" De Froo nööm ehr en ganz lütt Dörp, wat se noch sien Leev nich hört harren. „Dat nächst grötter Dörp van hier is Bockhorn."

„Wo lang fohrt man daar hen? Daar wohnt mien Süster!" Susanne weer blied dat se up wat Bekanntes stött. „Dat is man teihn Minüten van hier un dat all liek ut." De Froo hulp ehr nu geern. „Denn roop ik ehr an, dat wi hier in de Gewitterbalsch kamen sünd. Viellicht bringt se uns denn ja na Huus!" Katja un Saskia stunnen trillernd bi ehr. Se weren so verklöömt.

„Nu man graad weer up de Rööd. Hiltrud luurt up uns. Besten Dank noch Maal!" reep Susanne de Froo to. Nu petten se weer düchtig in de Pedalen direkt up en warm Huus an.

Hiltrud dreih graad de Heizung open in de Baadstuuv un in de Dusch. För Heino un Susanne leeg se Jogginganzüüg un Ünnertüüg van sik un Dieter ruut. Saskia muss dat van Silke woll passen. För Katja wull se noch in de Flohmarktkisten kieken. Denn noch jeden en paar warm Puschen daarto un noch de Handöker. Daar pingel dat al. Daar stunnen veer Minschen, de dat Water ut de Büxpiepen leep.

„Kaamt graad rin un verdeelt jo up de Baadzimmers, duscht warm un dröögt jo de Haar. Ik hebb jo Jogginganzüüg van uns henleggt. De schöölt woll nich richtig passen. To upwarmen reicht dat aver." Ruckzuck weer Heino in Dieter sien Tüüg weer ünnern. Saskia wull sik alleen fertig maken. Susanne un Katja stunnen mitnanner ünner de warm Bruus. Denn rubbeln se sik graad dröög un setten sik in de warm Köken üm Disch.

„Ik hebb in en vierdel Stünnen Sopp klaar, De warmt good in. Ik hebb ok al Nadisch rupphaalt. Dreefrucht: Plumen, Bernen un Appels. Wat anners kunn ik nu so flink nich." Susanne wehr sik:„Wi wullen egentlich gar nich hier eten. Wi wullen di bloot fragen, af du uns na Huus bringen kunnst. Du weerst aver ja so flink mit Tüüg bihand, dat wi gar nich to Woord kemen. Is aver mooi kuschelig in dien Jogginganzug." „Jo, Dieter sien ok un uns Deerns hebbt ok en gesunnen Klöör." „Dieter kummt glieks in. He holt bloot de Lütt van ehr Fründin. Silke mööt ja arbeiden. Denn gifft dat Eten. Ik harr sowieso för twee Daag kookt."

Dat weer typisch för Hiltrud. Se nöög all bi sik an de Disch. Wat daar weer, wurr deelt. Namiddags seten se noch bi Tee un Koken binanner. De Kinner vergnögen sik mit spelen. Se harren sik lang nich sehn un denn kunnen se sik wat vertellen. Tüschenin mussen noch Biller knippst werden van ehr nejen Freizeitlook. Tegen Avend drängel Heino aver, dat he up Huus an wull. Sien Schwager Dieter wull ehr Rööd up en Anhänger van de Naver legen. So fohren de all tosamen weer mit no Huus.

So harr de Radtour, de so mooi anfangen harr, noch en mooi Enn nohmen. Wenner harren se so en lüstigen Namiddag mitnanner beleevt.

Teetied

De jung Froolüü seten bi Rhabarberkook un Tee bi Lisa up Terrass. Se harr en mojen schuligen Eck, waar man al froh buten sitten kunn. Hier kunn man al glieks sehn, dat Lisa en grönen Duum harr. Ehr gemütelken Eck weer mit veel Blömenpött dekoreert. Marlene, Giesela, Susanne un Traute weren vandaag binanner kamen. Se seten van Tied to Tied binanner un vertellen sik dat Neeiste. So en Kaffeeklatsch weer doch to mooi.

Marlene vertell van Uwe sien Beleevnis letzt in de Stadt. He weer so en lütten schwarten Flitzer folgt. Dat weer hüm al de ganze Tied so aarig vörkamen mit de Bifahrer. De harr sik gar nich röögt un de Achterkopp weer so komisch ween. „Nu weer Uwe sien Chance kamen, to sehn wat daar los weer. An de rood Ampel muss he rechts afbugen un de lütte Flitzer bleev in de Liekutspöör. Tegennanner kemen se to stohn.

Uwe keek bisiet un wat seeg he? Up de Bifahrersitz seet en – Skelett! He harr bolt en Hartschlag kregen. Dat goodutsehend jung Froominsch an Stüür wunk hüm blied to, strakel ehr Skelett över de knakig Wang un fohr lachend wieder. Uwe weer so baff, dat he eerst döör dat Hupen van de anner Autos weer bi keem. In Huus wuss he noch nich recht, wat he daar sehn harr." De anner Froolüü amüseeren sik düchtig.

„Wo kunn een denn mit en Skelett as Bifahrer döör de Gegend fahren?" Lisa lach un lach. „Ik hebb Koppkino! Se hett hüm seker in Auto sitten laten, wiel se kien Keerl mit na Huus bringen dröfft. Eten in Auto drüff dat arm Blood ok nich. Dat krömelt doch!" Lisa lach immer noch. Se kunn de Wöört gar nich mehr ruut kriegen.

Tomaal schreei Lisa up. Nu kunn se de Mund bolt nich mehr open maken. Se harr bi dat blied Lachen sik de Kiefer utrenkt. Lisa harr en Muulklemm. Daar seet se nu to jauln. Dat leet sik nich eenfach weer inrenken. Lisa versörg dat.. Se schneed Fratzen, dat de so sehr.

Nu lachen de annern. Se menen, Lisa markeer. „Dat düürt nu nich mehr lang, denn sitt uns Lisa as Skelett mit in Auto. Eten un Drinken is nu vörbi." läster Giesela. Tranen van Pien kullern Lisa över de Wangen. Muulklemm harr man ja nich so faken. Un dat de so sehr.

„Nu hollt up! Seegt ji nich, dat Lisa würgelk Pien hett! Ik maak di en warm Dook. Viellicht springt dat Gelenk weer rin. Egentlik musst du na en Doktor!" Susanne harr en Machtwoort sproken. „Nee, dat is van alleen kamen, dat geiht ok van alleen." flüster Lisa. „Du leggst di nu hen un wi goht na Huus. Wi willt di nich noch to Last fallen." Bi Traute keem nu ok de besörgte Mama döör. „Vöörher rüümt wi noch af!" „Nee, blieft bitte! Denn bruuk ik daar nich immer an denken! Maak noch maal Tee un kolt Drinken steiht in Köhlschapp."

Ehr Gasten versörgen fullt ehr stur, dat kunnen de Fründinnen aver ja sülvst. Lisa wull in Moment bloot nich alleen wesen. Se versprook, nächst Moorn glieks na de Doktor to gohn, as de Froolüü sik denn irgendwenner verafscheden.

Avends seet Lisa mit ehr warm Haferküssen üm ehr Ünnerkiefer. Se hoop, dat dat Gelenk daar so weer insprung. Mit en Tablett tegen Pien gung se to Bedd. An nächsten Moorn fröhstück se bloot en weken Schief Stuut. Lisas Pien weer nich beter wurden. Nichmaal Tenen putzen harr se vernünftig kunnt. Lisa wull ehr Turnstünnen nich utfallen laten. Do passeer dat Wunner. Bi ′t Strecken un Dehnen knack dat tomaal gaanz luut. All keken up ehr.

Ehr Muulklemm weer weer good! Harr se dat wusst, harr se sik güstern glieks up Teppich schmeten un reckt un streckt. Dat harr ehr veel Pien sparen kunnt. So en Muulklemm wünsch se ehr argsten Feind nich.

Se harr aver all an ehr Oma denken musst. De harr immer seggt: „ Kleine Sünden bestraft der liebe Gott sofort." Waarüm harr se bloot so lacht över de Froo mit ehr Skelett?

Flegeltieden

Rumms! De Döör weer dicht. Rumms! Daar leeg de Schooltasch in Eck. Susanne kreeg en Gesicht van ehr Öllste tomööt as dree Daag Regenweer. „Segg nich, du hest Fisch in Pann! Dat kannst bi d´ Navers al rüken. Ik goh no Oma Emmi un kiek wat de kookt!" Saskia dreih sik up Absatz üm un weg weer se weer. So flink harr Susanne gar nich kieken kunnt. Dat egen Perduus much ok doch nix recht. Van middag schull dat frisch Maischollen geven mit Tuffels un Gurkensalaad. Nu dat!

Dat düür gar nich lang, do stund se weer in Köken. „Oh, musst du bi mi eten? Geev dat bi Oma Emmi nix na dien Möög?" „Nää, de kook Graupensopp. De oll Kalvertenen musst mi nich mit kamen." Saskia muul al weer rümm. „Denn eet man in Huus. Bruukst ja nich unbedingt Fisch eten. Tuffels un Gemüüs doot ok al wat." Wat so en richtigen Mama weer, de maak ok noch wat extras mögelk. „Wat hollst du daar van, wenn ik di en Wurst braad oder Nuggets?" Verdeent harr se dat ja egentlik nich bi ehr unmögelk Benehmen. „Nee, laat man. Ik mach nix mehr." Saskia vertruck sik in ehr Schlaapstuuv.

Wum, wum, wum dröhn dat glieks. Susanne wuss nich, wat se noch mit ehr Deern anstellen schull. All gung bloot mit Gedrüüs. Sik ruhig verhollen gung nich. Saskia kunnst al immer van Feerns hören. Rümmulen de se an allens, of dat nu ehr Eten weer oder ehr Tüüg, wat denn maal nich wuschen weer. Plätten kunn Madame sowieso sülvst nich, meen se. Mithelpen al lang nich. Ehr lütt Süster maak ehr daar en vör.

De gaanz Nomiddag bleev de Teenie in ehr Zimmer. „Ik goh noch ruut." reep se do. „Du wöötst, dat wi üm sess Ühr Avendbrood eet. Denn büst du bitte weer in Huus." „Maal sehn, gifft ja doch bloot ´n Stück." „Jo, un de Resten van van middag." Rumms, weer weer daar en Döör dicht flogen.

Dat wurr half acht bit Saskia sik weer blicken leet. Nu schalt ehr Vader sik in: „Waar kummst du denn herstrieken? Du musst nich menen, dat du nu noch en groot Eten serviert kriggst. Am besten geihst du glieks in Bedd! Na dien Moder luren hest du sowieso ja nich mehr nödig!" „Phh! Ik hebb al lang wat hat. Gitti un ik hebbt uns Spargelsopp ut Kroog holt. De schmuck wenigstens!"

Rumms! Weer flog en Döör in`t Schlött. „Du kummst sofort hierher!" reep Heino sien Deern na. „Wat schall ik? Ik schull doch in Bedd!" muul de jung Deern rümm. „Jo, dat schullst du. Eerst blifft dien Handy aver hier un denn maakst du de Döör sinnig achter di dicht." Heino greep döör. „Du glöövst doch nich, dat du Frechkopp noch telefoneerst oder schriffst mit irgendwell. Ab in´t Nüst!"

In de nächst Tied keem Saskia faker maal weer, dat se eten harr. Immer weer se in´t Kroog wesen. Dat weer ja to gooelk. De weer ja man eben üm Eck. Sogaar en schiddergen Tupperkumm harr Susanne letzt funnen bi´t reinmaken. De harr verdächtig no Spargelsopp roken.

Anfang Juni flatter de Familie Post van dat Gasthuus „Zur Tenne" - över twelv Maal eten, daarvan acht Maal Sopp, twee Maal Pommes, een Hähnchenbrust mit Gemüüs un een Maal Spargel mit Schnitzel in´t Huus. Dat weer en ganz stattlichen Summ.

Nu gung dat an dat Taschengeld. De Reken betohl de Foun sülvst. Sik Eten setten laten un de Reken no Huus schicken laten. Sowat gung ja woll gar nich. Un in de Tenne kregen se Bescheed, dat Saskia sik geern Eten holen kunn, aver bloot gegen Barzahlung.

Dat Eten weer daar man eenmaal lecker! Geschmack harr ehr Nowass, dat mussen se ehr laten.

28

Lendenlahm

Heino humpel döör de Tuun. „Papa, wat hest du denn? Hest du dien dicken Jan-Hinnerk an en Steen stött?" froog Katja besörgt. Sik en Toon an en Steen stöten, keen se al. Se wuss dat dat sehr de. „Dat schall woll weer beter werden." He markeer vör sien lütt Deern deen starken Keerl.

Susanne beobacht hüm over ok al länger. „Ik maak di nu en Termin bi uns Huusdoktor. So geiht dat doch nich wieder." Dat düür nich lang un se keem torüügg: „Denn wasch di man graad dien Fööt. In 20 Minüten hest du en Termin." Nu weer Heino aver doch perplex. So flink al? Daar harr he nich mit rekent. Denn man graad.

As he weer keem, wuss he, wat he in teihn Daag muss. De Doktor harr glieks wusst, dat hüm Warten piesacken. Daarvan weer een so groot as en twee Eurostück. De annern weren noch nich so groot wussen.

Denn leet Heino sik van sien Froo in´t Krankenhuus kutscheeren. Üm 10 Ühr schullen de Mesten wetzt werden un de Warten utschneden werden. Good Middag wull he sien Susanne denn weer anropen, dat he en Taxi na Huus kreeg. De seet in Huus un kreeg trillern un blixen. Üm een Ühr pingel dat Telefon noch Maal. „Ik sitt hier immer noch. Nu will ik aver Damp maken. Du musst mi ok noch holen un de Kinner mööt in Bedd. So en goden Utreed köönt de nich hebben, dat de mi so ewig luren laat!" So langsaam wurr hüm de Kopp vergrellt. Heino muss ok de ganze Tied nöchtern blieven, weder natt noch dröög drüff he.

De ganze Nomiddag gung Susanne nich bi dat Telefon weg. Endlich! Se kunn ehr Ehegespons afholen. Katja, de lütt Sörgmoder wull mit. Se harren daar mit rekent, dat Heino ehr bi de Ingangsdöör tomööt keem. Nee! Se mussen hüm ut de Tagesklinik holen – un daar leeg he noch up en Bedd. „Ik bün noch lendenlahm. Mien Benen un Fööt föhl ik noch nich maal. De hebbt seggt, dat dürrt noch twee bit dree

29

Stünnen. Solang hollt de mi hier aver nich. De wullen mi ja nich maal mehr opereeren. Sien beid Fööt weren dick in Verband inpackt un verkliestert. „Un wo schall ik di nu transporteeren? Wo hest du di dat dacht? Du kannst nichmaal na ´t Auto lopen! Hier köönt wi viellicht en Rullstohl kriegen. Aver bi Huus? Ik hebb kien Rullstohl! Un wi hebbt Stufen un köönt nich maal so rin!"

Susanne weer düll as Schiet. De Doktors kunnen hüm doch nich so lopen laten. Se wull eerst mit well schnacken. „Oh, endlich holen sie ihren Mann ab. Wir wollen hier auch Feierabend haben." fohr ehr do al glieks en Schwester över d´ Mund. „Wie haben sie sich das gedacht? Er kann doch gar nicht laufen!" Mit en Schullerzucken gung de Schwester ehr Weg. Susanne schnapp sik de nächstbest Rullstohl. „So, ik help di nu hier rin. De Schwester weer bloot noch frech."

Susanne muss sik düchtig quälen, dat se Heino in de Rullstohl kreeg. He wull so geern helpen, aver sien Benen luren nich. Susanne hol dat Auto direkt an de Ingang her. Hier muss se sehn, dat se hüm in´t Auto kreeg. Daar keem ehr en Pleger to Hülp. „Wat is dat denn hier? So sünd se entlaten? Kien Geföhl in d´ Benen? Hmm....." He wunner sik bloot. De Pleger seet Heino aver in´t Auto. Nu kunn Susanne up Huus anfohren.

Se weer al de ganze Tied an överlegen, wo se hüm nu woll weer to dat Fohrtüüg ruut kreeg. Af dat mit de Schuuvkaar gung? De weer aver to leeg, ok mit en dick Küssen. Sogaar dat dick Börberbedd lang daar nich. Nu fullt ehr de Schrievdischstohl in! Dat weer ja en betern Rullstohl. Daar kunn se Heino denn mit up Terrass setten.. De Benen mussen se seker noch hoch leggen.
Nu quäl Susanne sik, dat se Heino weer ut Auto ruut kreeg. He pack ehr üm Hals to un denn leet he sik so ganz sinnig bi ehr in Arms fallen. Wat weer dat good, dat sien Diät so wirkt harr. Denn kunn se hüm so achter över drücken in de Schrievdischstohl. Katja harr de good fast hollen. Sien Platz weer nu eerst maal de Terrass.

Katja harr al glieks seggt, dat Papa nu Bananensaft (dat much he gar nich) hebben muss un Zigaretten drüff he ok nich. Daar buten seet nu en Heino, de wat rümgnutter. „Ik hebb di en Koffie maakt. De waakt de Levensgeister weer up." „Ik sitt hier nu! Kann nich na vörn un na achtern. Kiek di mien Fööt an! Daar hebb ik ja nich maal Schoh för. Wo schall ik denn na d´ Doktor komen?" „Nu maak di man kien Kopp. Dat kriegt wi hen." „Papa, wi helpt di doch. Du musst doch nich weinen." Katja wull hüm trösten. Se stund al mit Taschendöker paraat.

Dat düür gar nich so lang do meen Heino, dat se eben tokieken schullen. Dat kribbel un krabbel bi üm an Fööt. „Sünd daar Mieghamels?" He wöhl nu all wat rüm un wurr unruhig. „Kiekt doch eben to! Oder bringt mi en langen Stricknadel to kraben." He weer sowat van untofree. Susanne wurr bolt mal. Se kunn dat Genörgel nich mehr af. Se wuss, wat se doon muss, dat Heino weer ruhiger wurr. „Hier ik hebb di wat mitbrocht: een Zigarett un dien Füürtüüg. Mehr gifft dat aver nich van avend." Wat weer de Kerl do blied un tomaal ok weer tofree.

Anner Dag kutscheer Susanne ehr Mann na de Huusdoktor. Nu seeg se to´n eersten Maal, wo deep sien Wart to sien Foot ruut puult wurden weer. Wo lang schull dat düren, bit dat verheelt weer. Heino schnack doch al weer van arbeiten. He muss aver noch jeden Dag na de Doktor hen un sik en nejen Verband afholen. Duschen drüff he ok bloot mit en Tuut üm sien Benen.
Ganz langsaam heel dat deep Lock ünner sien Foot weer dicht. Heino hett noch mehr Week mit de groot Sandalen lopen musst.

Weersehen

Susanne muss na de Orthopääd. He wull sik ehr Been noch maal ankieken. Se leep nu aver ja weer good. Allerdings wuss se al immer en Dag in vörruut, dat sik dat Weer änner. Maal stook dat in ehr Been, denn schwull dat an. Daar keem se mit torecht. Vör en paar Daag harr se en schlimm Trecken spürt. Regen un Sünnenschien keen se ja al. Dit much woll Störm werden un genauso weer dat wurden.

Bi de Doktor luren se al up Susanne. Se wurr ünnersööcht, ehr wurr Blood afnohmen. En goden Naricht kreeg se mit up Padd: „Mit ehr Been is allens up Stee. Mit de Wettermeldungen mööt se lehren ümtogohn." Mit en Knippogen meen de Doktor: „Viellicht köönt se ja noch dat Weer vörher seggen un sik so en Paar Euros daarto verdenen."

Susanne amüseer sik düchtig, aver dat weer ehr to unseker. Susanne gung vör Bliedskupp as eerst in dat nächst Cafe`. Daar överleeg se sik, dat se boven in de Inkoopsladens noch eben schnüstern gohn kunn. Wiehnachten weer nich mehr ganz wiet un ehr Deerns schullen wat to utpacken kriegen. Tant Lissy harr bolt Geburtsdag. De lees so geern. En plattdüütsch Book weer bestimmt recht. För Saskia fund se en mooi Kookbook un Katja freu sik seker över en Peerbook. Enzigst för Heino harr se in disse Laden nix funnen. Bit Wiehnachten weren aver ja noch en Paar Maant hen.

Nu wull Susanne noch en beten wat to Avendbrood inkopen. Dat boot sik in disse Supermarkt ja an. Weer mooi,wenn man allens so dicht binanner harr. Denn schull dat weer up Rückreis na Huus to gohn. Se muss en wieden Ümweg fohren. De direkte Weg weer sperrt, daar wurr de Stroot repareert. Sowat nervt. Ünnerwegs fullt ehr in, dat ehr Schoolfründin in disse lütte Stadt trucken weer. „Hier kummst so faken nich her. Du hest de Telefonnummer doch up dien Smartphone." Se fohr rechts ran un reep bi ehr Fründin Heidi an.

Se weer ok glieks an de Aparaad un freu sik van Susanne to hören.

„Moin, Heidi! Ik bün hier bi di in de Gegend. Telefonnummer hebb ik van di aver dien Adresse nich. Waar wohnst du nu denn?" „Minsch, Susanne! Wat för en Överraschung. Ik wohn in Meisenweg. Dat is bi dat groot Koophuus rin un denn man en paar Hüüs hen." freu Heidi sik. „ Dat groot Koophuus seeg ik. Hest du en grönen Huusdöör?" „Ja?" wunner sik Heidi. „Ik glööv, ik stoh bi di vör d´ Döör!" Heidi keek ut Fenster un fullt ut all Wulken. Genau bi ehr up de Parkplatz vör de Döör stunn Susanne to telefoneeren.

Dat weer en Freud. Se harren sik lang nich sehn. Bi veel Lachen wurr noch lang vertellt. Nu weer Susanne blied, dat se kien frisch Waren inköfft harr. Bi en üm anner Tass Tee un Kook kunnen de beid sik so richtig mooi wat vertellen.

Tüschenin geev Susanne ehr Familie Bescheed, waar se avbleven weer. Nich, dat se up de Vermisstenlist keem. Ehr Deerns kunnen ok för Avendbrood sörgen. Se wull sik nu en kommodigen Avend mit Heidi maken. Man hör de beid noch faken schallend lachen.

De beid Frolüü weren sik enig. Nu wullen se sik faker maal drapen.

Regenweer

Dat regen al de ganz Vörmiddag un weer so nattkolt. Saskia un Katja weren van moorns mit ehr Papa fohren. Denn kemen se wenigstens dröög in School an. Middags mussen se dat Enn van Bus na Huus aver to Foot.

Susanne harr sik överleggt, van middag schull dat en gesunnen Gemüüssopp geven mit en richtig mojen Rinderbeenschiev daarin. Daar seet ok Power achter. De warm döör un döör, wiel de mooi heet weer.

Hopentlik kemen de Deerns van namiddag noch en Sett ruut. Anners weer se besünners mit Katja anholt. De wull beschäftigt werden. Do fullt Susanne in, dat ehr Stut wenig werden de. De kunn Saskia woll backen. Se much ja gern in Köken helpen. Bloot wat maak se mit de Lütt? De Keksdösen weren ok leeg. Mit ehr kunn se woll Kekse backen. De Namiddag weer redd.
Pitschenatt kemen Saskia un Katja ut School. Susanne schick ehr glieks in Baadstuuv to afdrögen un ok to de Haar drögen. De warm Jogginganzüüg luren al. Nu noch van binnen upwarmen.
„Mama, waarüm hest du denn Sopp kookt. Dat mach ik doch nich!" Saskia nörgel so as jeden Dag över't Eten. „Eet man mien Kind! Oder wullst du lever krank werden?" Katja harr sehn, dat daar Bookstavenudels in weren. „Mien Lieblingsnudels!" freu se sik. Nu schmuck de Sopp al gliek beter.

„Hebbt ji denn ok lernen up?" „Ik nich, Mama. Dat hebb ik in School al klaar maakt." „Ik mööt mien Reken noch klaar maken." segg Katja. „Ik hebb mi bi dat mal Weer wat överleggt, of hebbt ji wat vör?" „Nee!" kreeg se tweestimmig to Antword. „Wat wullt du denn?" „Wi kunnen woll backen." „Oh jo! Plätzchen utsteken mach ik gern." freu Katja sik. „ Neeee, daar hebb ik kien Lüst to." Saskia wull kien lütt Koken mehr utsteken, dat weer ehr to langwielig.

„Saskia, du büst ja al mit lehren klaar. Denn kunnst du al glieks anfangen. Du kannst uns woll en Stut backen. Rezept lesen kannst du ja!" Saskia wunner sik, dat ehr Mama ehr dat totrou. „Wi beid maakt eerst dien Reken un denn röhrt wi uns Kokendeeg an." Nu weer Katja ok al ganz zappelig: „Mama, wat backt wi denn för Koken?" „Ik wull maal Zitronenkekse utprobeeren. De mööt wi mit Lepel up dat Blick maken. Dat geiht ok flinker as utrullen. Wi sünd seker klaar, wenn Papa weer kummt un köönt de Koken probeeren."

„Ik geev di glieks dat Rezept, denn kannst du di de Todaten al torecht stellen." Saskia stell sik ganz good an. Dat Rezept schull weer in ehr Rezeptbook. Se füll all Todaten in de Kökenmaschin. „Mama. Schöölt daar ok Rosinen mit in?" Se wuss woll wat schmuck, dat Leckerbeck. „Musst kieken, wat noch daar is." „Oh, hier is ok noch Orangeat un Zitronat." „Back du uns man en leckern Stut." Ruckzuck weer de Stut in en Förm un back in de Backovend.

„Mama, nu hebbt wi ganz kien Bott mehr för uns Koken. De mööt ok doch backen! Denn schmiet wi de Stut aver ruut!" Resolut förder Katja ehr Recht in. Dat düür nich lang un Susanne weer tosamen mit Katja an Deeg anmengen. Se leet ehr allens afwegen un torecht stellen. Denn kunn se ok sülfst de Deeg tosamenröhren. „Mama, wi hebbt kien Solt genoog! Hest du anners noch en Paket?" Wat wull Katja denn mit soveel Solt? „Dat schöölt doch sööt Koken werden. Wat wullt du daar denn mit?" „Hier steiht, ik bruuk 130 g."

Susanne kreeg Schnappatmung. Dat weer noch maal good gohn. „Du büst in de verkehrt Riegg! 130 g Puderzucker schall daar in. Bi Chips kann dat ok nich angohn. De kannst bestimmt nich eten." Nu hullt Susanne daar aver ehr Ogen up. Fix weer denn de Mengsel klaar un up dat Backblick verdeelt. In fiev Minuten weer de Stut ok gaar. Denn kunn de sien Platz tegen dat Blick tuschen. En tweed Blick wurr ok noch fix vull maakt. Denn kunnen de mitnanner backen. Binnen teihn Minuten weren de gaar.

Nu de Köken graad uprümen. Stut weer al gaar. Nu pingel de Uhr.

De lütt Koken kunnen ruut. Daar füll sik de Trumm. De Huusdöör gung un Heino keem rin. He schudel sik. „Gifft dat hier en heten Koffie oder Tee bi dat mal Weer?" „Jo, Papa! Un Mama hett uns en heten Kakao versproken. Wi hebbt daarto Kekse backt." Susanne sett en Kann vull Koffie an. „Oh, Stut hebbt ji ok backt?" „Dat weer Saskia!" „Ik will glieks beides probeeren."

„Wi hebbt Glück, dat wi överhoopt Kekse kriegt. Katja harr daar bolt över 100 g Solt in röhrt." Saskia muss ehr lütt Süster nu doch in Pann hauen. „Wees still, wi hebbt dien Stut noch nich probeert. Du weerst solang bi dat Schapp." wurr se van ehr Moder torecht wiesen.

De lütt Koken mussen in Sekerheit brocht werden, bevöör se upeten weren. Se schmucken so lecker. Ja, un de Stut wurr ok düchtig loovt.

So en Backnamiddag kunnen se ruhig wedderholen.

Gripperee in Huus

Dat olle Weer maak Susanne noch mal. Se weer en Sünnenkind un bruuk nich maal Regen un maal Schnee oder Schneeregen. All Knoken deen ehr enkelt sehr. Nu keem daar ok noch Hosten un Schnuven to. In´t Gesicht harr se dat Geföhl, as wenn dat dick un plussig upleeg. Se kunn nich up af daal.

Middags schleep se sik in´t Spieskamer. Daar muss doch noch en Döös Linsensopp ween. Dat muss reichen mit en Wurst, wenn Saskia un Katja ut School kemen. Schull woll lang Nösen geven, aver na ja. Susanne verkroop sik glieks weer mit en heten Zitroon mit Hönig un en Püll ünnert Deken up Sofa. Hopentlik keem d´r nüms!

Se weer doch glatt in Schlaap komen. Tegen een Ühr waak se ganz verschrucken up. Se muss de beid Deerns de Sopp ja maken. Graad schiel se en Paar Tuffels un kook de. De Sopp afschmecken un Wurst daarto doon weer eens. Pünktlich stunnen de dampend Tellers up Disch. Katja un Saskia eten ehr Part un verschwunnen in ehr

Kinnerstuven. Se föhl sik up Sofa am besten uphoben.

„Mama, wat is denn mit di los? Waarüm liggst du hier denn?" keem Katja no en ganz Sett to frogen. „Laat mi man up Sofa. Ik bün krank. Ik hebb mi düchtig verkollen." „Schall ik di Tee maken oder en Pülli?" De negenjohrig weer besörgt üm ehr Mama. „Nee, goht ji man spelen. Ik will van Daag maal nix hören un nix sehn." „Drööf ik denn no Hannah to spelen? Saskia hört doch immer bloot Musik un is an Computer spelen." „Jo, du büst denn aver üm fiev Ühr weer in Huus. Eerst schickst du mi Saskia aver noch her. Hest du dien Lehren denn klaar?" „Jo, Mama, dat weer nich veel. Ik wies di dat glieks." De Lütt weer al ganz gewetenhaft.
Ehr dree Johr öller Süster keem bi ehr. „Wat wullt du? Ik weer an lehren." „Weerst du nich!" petz de Lütt glieks. „Regt mi nich up! Ik wööt, dat du an Computer spelen weerst. Du schullst di ok wat antrecken un noch eben buten Döör gohn." Saskia föhl sik ertappt. Se versprook noch ruut to gohn.

Avends muss Heino för Avendbrood sörgen. Nu feber Susanne ok noch. Wo schull dat moorn bloot werden mit de Wekeninkoop. Susanne kunn dat nich. Tosamen mit Heino schreev se en Inkoopszedel. He schull tosamen mit sien Deerns ünnerwegs. „Pass aver up. Saskia neigt to Extravaganzen." warn Susanne hüm. „Wi hebbt ja en Zedel. Daar hollt wi uns an. Denn passeerd dat al nich."

Blied trucken de dree loos. „Wi bringt di wat mit, Mama!" Katja weer ehr Sörgmoder un wull so ehr Mama trösten. Koffie, Tee un Water wander in de Inkoopswogen. „Papa, hier sünd de lecker Pralinen. De kunnen wi woll kopen." Dat weer Saskia. „Nix, daar sünd de lecker Hostenbons. De packt man in. De helpt Mamas Hals ok." Brood un Graubrood schullen se kopen un Wurst un Kääs. „Oh, Papa. Kiek eben, dat is so lecker. Dat is Lachs för up Brood." He ignorier ehr egentlik, aver an Katja se Heino: „Wi schullen ja noch twee Dösen Braadhergens mitbringen. Hol de bitte eben. Wi kiekt uns no Wurst un Kääs üm."

Saskia harr weer wat Neeis funnen: „Papa, hier: Fleeschsalaad. Dat is ok doch Wurst. Büdde, büdde!" Heino keek sien Deern an. Hüm weer dat al pienelk. „Papa, dat is doch Wurst. Dat schmeckt so lecker." „Nix, up Zedel steiht Wurst un Kääs. Un daarbi blifft dat! Ji köönt jo elk wat utsöken." Katja keem glieks mit en Paket Kääs över. „Hier sünd mehr Sorten in. Kann ik daar noch en Paket Schmeerkääs to holen?" De jünger van sien beid Deerns dach al mit.

„Saskia, schall ik Wurst utsöken oder wullt du?" Saskia weer nu aver mulig. Se harr d´ Will nich kregen. Veel bloot noch, dat se midden in Loden stund un mit Fööt upstamp. „Good, denn nehmt wi Schink, Jagdwurst un Braunschweiger mit." Heino nehm sien Deern de Entschedung af. Flink wurren de restlich Parten noch binanner sööcht un en mojen Blömenstruuß för Susanne vergeten se ok nich.

Dat eerst wat Saskia in Huus vertell, weer: „Katja hett överall ehr Will mit kregen. Se drüff de Kääs utsöken un dat Brood un de Blömen." Dat se aver an rümzicken weer, harr se al weer vergeten. Se verkrümel sik glieks in ehr Stuuv. Heino fleut ehr weer torügg. „So, mien Frollein. Du rüümst de Waren genauso good weg, as dien Süster. Nich dat du di weer ungerecht behannelt föhlst." Nu weer dat Gemuul weer groot. „Ik mööt immer mithelpen. Immer stoht ji bi d´ Trepp un roopt: Saskia, rünnerkamen un mit uprümen, Saskia rüüm dit weg un Saskia help hier mit. Katja nöögt ji nich dauernd."

Nu platz Heino de Kraag. „Wat denkt dat Frollein sik egentlik? Meenst du, dat dien Leven lang allens nodragen kriggst un dat di nahst maal de braden Duven in Hals fleegt? Du büst old genoog, dat du woll wat mit doon kannst. Dien Süster is veel jünger as du un de deit dat van sik ut un ohn groot Geschnarr. Se kümmert sik ok üm jo Moder, nu waar se nich kann. Hest du ehr al maal fraagt, wo ehr dat geiht? Nee! Hauptsaak dien Plünnen sünd rein un plätt un eten un drinken steiht up Disch!" Saskia keek ehr Vader an. So keen se hüm ja gar nich.

Se kunn ja maal en beten wegrümen. So lang harr se sowieso kien

Tied mehr. Annika luur up ehr. Se wullen in d´ Park spazeeren gohn. De Buddels mussen in Keller. De wull se rünner bringen un denn kunn se glieks verschwinden. „Ik bün denn weg," reep se no boven. De Reken harr se ohn ehr Vader maakt: „Nix, du bliffst hier. Du helpst mit to rein maken. Een wischt Stoff, een suggt Stoff un Klo putzen will ik denn woll."

„Oh, man! So schidderg is dat hier ok nich. Mama maakt dat sowieso veel beter." „Du ollen Fuulpuup! Dat weer ´t! Du hest Huusarrest. Eerstmaal bit Maandag. Ik laat mi doch nich up Nöös rümdanzen. Un dat segg ik di glieks: Fangst du an to Dören ballern oder Musik luter as Zimmerlautstärke to hören, lehrst du mi eerst richtig kennen."

Vergrellt weer Saskia nu an rein maken. Susanne wunner sik vör allem över ehr schlecht Luun. Dat düür aver nich lang un Heino klär ehr up. „Du wöötst aver wat du di daar mit andoon hest?" froog se hüm. „Wenn se sik nich benimmt, blifft se in ehr Buud un se kann in´t Book kieken. Dat hett noch nümms schaad,"

Susanne kroop weer mit Püll up Sofa. Se hett bolt veerteihn Daag bruukt, bit se weer up Benen weer. Katja wull ehr gern wat to good doon. Saskia seeg bloot ehr egen Nützen.

Irgendwenner wull Susanne ehr dat spüren laten, harr se sik fast vörnohmen. Man en Moder kann nich ut ehr Huut.

Spören in Auto

De ganz Dag weer Heino an Heeg scheren ween. Nu weer he pielliek. He much dat nich lieden, wenn dat so scheef un schellig schneden weer. All de Schnippsels hark he ördentlik binanner un verstau de in groot Sacken. Nu mussen de bloot noch na de Mülldeponie. Bit Fredag schullen de noch tüschenlagern ünnert Carportdack.

De Gelegenheid mööt ik nützen, dach Susanne sik. In Keller weer ok noch genoog, wat van en Eck in anner schoben wurr. Se pack ok noch dree Sacken vull. De funnen bestimmt noch Bott in´t Auto. Saskia un Katja schullen noch na Saken kieken, de unbruukbaar weren. Beid trennen sik van verscheden Kraam un dat füll en wiedern Tuut. Schull Heino daar noch Platz för finnen in ehr Auto? He muss ja noch fohren. Heino harr güstern al meckert över de Barg van Müllsacken.

Mit veel Geschick stapeln se de Sacken in dat Fohrtüüg. De letzt Sack muss noch vörn up Sitz. So weer aver eerst wat uprüümt in Huus. Heino kunn de verscheden Sacken bi de Mülldeponie aflevern un keem mit sien loos Auto weer. He harr Glück hat un in de Kofferruum weren kien Spören achter bleven.

De nächst Week weer en normalen Arbeitsweek, de Kinner mussen na de School. Middeweek avend gung Susanne na ehr Frolüüsport. Dönnerdag avend froog Heino sien Ehegespons: „Segg maal, ettst du neeierdings Lakritz?" „Nee, dat wöötst du doch! De verdroog ik doch nich." „Hmm, denn wööt ik ok nich. Schullen de Deerns van mien Lakritz eten hebben?" Heino raadsel wat rüm. „Du wöötst genau, dat de de ok nich möcht. Waarüm fraagst du överhoopt?"

„Ik wööt nich, dat is all so aarig. Dat Bonspapier liggt rüm. Dat steek ik doch immer in Tasch. Well ett denn stiekum mien Bons?" Nu wurr Susanne dat ok unheimlich. „Fohrt up Arbeid well mit dien Auto oder kann daar well ran?" „Nee, Schlödel hebb ik in Tasch. Segg maal, schull daar en Muus in leven? De mag aver doch kien Lakritz!" Heino zweifel immer noch. „Wo schull de daar ok rin kamen!" Susanne kreeg Angst un Bang: „Du geihst nu eerst in de Boumarkt un köffst Muusfallen. De stellst du daar in Auto up. De Muus frett ja gern Lakritz. Dat kannst du daar glieks indoon. Musst aver nich menen, dat ik noch een Maal daar instieg, solang du de nich fangen hest.

Heino seet sik glieks up sien Rad un fohr in de Boumarkt. Dat weer hüm recht geneelk, dat se Untüüg bi Huus harren. He stell glieks twee Fallen in Auto up, de en in Kofferruum, de anner vörn rin. De ganze Familie hullt Afstand van dat Auto. Nich Maal de Deerns, de al geern maal kutscheert wurden, drängeln. Tweemaal muss Heino sien Fallen noch bestücken. Denn harr he de Muus erwischt.

Nu harren se ehr Familienkutsche weer un kunnen to en Familienutflug starten. Dat Raadsel bleev aver, wo de Muus in dat Auto kamen weer. Schull de sik in de Sacken mit dat Gröön van de Heeg verburgen hebben?

En kommodigen Avend

Giesela harr all de Naversfrolüü nöögt to en Dischdekenavend. Se harr sik van ehr Fründin beschnacken laten. In ´t Jeverland weer de Froo al bolt all Huushollens döör un nu breed se ehr Föhlers wieder ut. Na ja, Gieselas Schaa weer dat nich. Se kunn sik en Dischdeken utsöken un kreeg dat up Koop to.

De Navers wullen sik geern de neeist Kollektion van de Dischdekentant ankieken. Weer Anfang November un man kunn ja ok al maal an Wiehnachten denken. Nüms bruuk mit Auto ünnerwegens un daarüm harr Giesela sik ok wat besünners infallen laten: bi ehr geev dat Seemannsbowle. Wittwien, Rum, Sekt un Zitroon un Zucker un denn mooi köhlen. So keen se dat van ehr Mama. Wo lang harr se dat nich mehr hat!

Johann muss vandaag Hauke in Bedd bringen. Genau üm de Tied

kemen ehr Gasten. Giesela harr ehr Plättbrett in Stuuv upbout. Daar schull Froo Krämer ehr Waar upleggen. Se sülvst brooch ok noch en Garderobenständer up Rööd vull mit Dischdekens mit. Dat kunn noch wat werden.

Lisa un Marlene broggen Traute al glieks mit. „Rieko holt Frieda, Gesine un Trudi noch af. Kummt Hanne ok?" „Seggt hebb ik ehr dat. Wenn ehr dat good gung, wull se kamen." Do hören de jung Frolüü al Geschnöter up Stroot. Daar weren all de Froolüü, de noch fehlen, ok Susanne.

Giesela versörg ehr Gasten glieks mit wat to drinken. De öller Damen weren doch wat vörsichtiger mit de Bowle un drunken lever wat ohn Alkohol. Knabberee stund up Disch paraat. Nu kunn dat recht kommodig werden. Froo Krämer begrött ehr glieks van Harten.

As eerst drüff Giesela sik en Dischdeken utsöken. Bi ehr Fründin harr se sik al nich tüschen twee entscheden kunnt. Nu kunn se dat twede Deken so geschenkt kriegen. Dat seeg wunnerbaar ut, as wenn se en Linnendeken harr. Dat weer dat aver nich. Dit wurr nich Maal kruus – see de Froo.

Froo Krämer bout ehr Dekens an, veel daarvan kunn man in verscheden Farven kriegen. Ok all Grötten bout se an.: för de lütt Eckdisch oder de grötter Anrichte. Sogaar för de nobel Tafel mit de ganze Familie, de utsegen as Damastdekens. Immer wedderhaal se, dat de gestresste Huusfroo de nich plätten bruuk.
Giesela schunk flietig ehr Bowle ut. De weer besünners süffig. So flogen de Dischdekens van en to de anner. Jeder harr sik en utkeken, de se gern besitten wull. Aver de Naversch schull nich de sülvige willen. Well weer am flinksten? Je mehr Bowle in 't Speel keem, je ieverger wurden de Froolüü. Froo Krämer bruuk bloot noch upschrieven. So en günstig Angebot geev dat so flink nich weer.

Nu keem dat Best up Disch, de neje Kollektion. Wiehnachtsdekens! Veel ohhs un ahhs begleiten de Dischkleer. Ok daar wurr noch maal togrepen. Lisa un Marlene wullen gern en Deken mit wenig Stickerejen. Traute sööch wat för de gesamte Wintertied. Jede fund hier sien Lieblingsstück.

Na en lüstigen Avend maken se sik weer up Padd na Huus. De jung Froolüü weren wat wienselig un weren bloot an ´t Guffeln. Innerhalb van de nächst teihn Daag mussen se ehr Geld bi Giesela aflevern. De Froo wull veerteihn Daag na de Dischdekenavend de Waren bringen. Denn kunn Giesela de verdelen. Mit twee groot Kartons keem se denn anschlepen.

„Ik hebb so good bi di verköfft. Dat leeg seker an dien Bowle. Ik hebb di noch en Deken extra inpackt. Dat muchst du ja so gern lieden." Giesela wunner sük. Nehm de aver gern an, wenn man al maal wat schunken kriggt. Se bedank sik noch Maal för de Avend. Nu weer de Arbeid an Giesela.

Een üm anner Maal muss se nu Tee, Koffie oder ok Grog drinken, wenn se de Dischdekens aflever. De Frolüü weren sik aver eenig, dat se en kommodigen Avend hat harren. Sowat kunn man doch ruhig wedderholen. Denn aver ohn de Dischdekentant. Dat wurr denn doch to dürr.

Daar geiht en Lucht up

Susanne harr de Wohnung adventlich dekoreert. Ehr stunn de Sinn noch nich recht daar na. Buten weer dat noch warm un regen bloot un weih. Wiehnachtsweer weer anners. Aver de Stuven lüchten so mooi in dat besünner Lucht. Saskia un Katja harren daar al van lütt an ehr Freud an hat.

„Oh, Mama, wat hest du dat weer mooi dekoreert!“ freu Katja sik. „Kriegg ik ok en Keers in mien Kinnerstuuv?“ „Nee, en Keers bestimmt nich, mien Kind. Du wöötst doch: Messer, Gabel, Schere, Licht dürfen kleine Kinder nicht. Ik hebb di daar aver al en annern Överraschung uphangen.“ Nu suus de Lütt glieks hen to kieken. „En Luchtenkett mit all Steerns! Dat lett aver mooi in mien Fenster.“ „De geiht automatisch an un ok weer ut. Du musst nachts ok ja schlopen.“

„Wat du bi mi uphangst, söök ik aver sülvst ut! Ik will nich soveel Tüdelee hebben.“ De 14 – jahrig Saskia weer daar wat egener. „Kannst ja maal bi de Wiehnachtskraam kieken, wat di daar gefallt.“ Se bruuk nich lang. En modernen Luchtenbogen wull se bi sik upstellen. Saskia wuss woll wat se lieden much.
„Waarüm maakt wi egentlich nich glieks all veer Kersen up de Adventskranz an?“ froog Katja. „In de Tied vör Wiehnachten stellt wi Minschen Adventskränze up oder Gestecke mit veer Kersen. Daar steekt wi jeden Sönndag en Keers van an. De maakt uns de Daag na Wiehnachten jeden Dag wat lechter. Waarüm fiert wi denn överhoopt Wiehnachten? Saskia, dat wöötst du doch seker?“ Susanne förder de Konfirmandin ruut. „Dat de Kark maal weer vull wurd. Anners is daar ja nich veel los. Denn is dat daar so richtig cool, mit Theater un so!“

„Du wöötst nich, waarüm wi Wiehnachten fiert un denn wullt du de Maria bi dat Krippenspeel spelen?“ Schnippig antwoord Saskia: „Dat is ja woll de mindst Rull för mi. Maria weer de Hauptrull un de steiht mi ja woll to!“

„Kinner, hebbt ji denn nix begrepen? Wi sünd doch so faken mit jo na de Kark ween. Wi hebbt hier in Huus över uns Gloven schnackt.“ „In Kark hebb ik mi meesttied de Biller bekeken.“ Katja weer al kleenluut.

„Pastoor hett uns nix van Wiehnachten vertellt. Wi schullen denn Text bloot öven bit Freedag. He hett de Rullen eenfach so verdeelt un seggt, Maria un Josef weren de Hauptrullen. Daar speelt ok noch irgendeen Engel mit un ok noch Schepkers un Schaap."

„Dat Schaap büst du! De Hauptrull speelt dat lütt Kind! Wiehnachten wurd Jesus Christus geboren. De hett uns ganz Gloven prägt. Uns leev Herrgott hett in hüm sien Söhn up Eer schickt. He hett för uns leden un is för uns stürven! Nu nehmt he all uns Schuld up sik un vergifft uns de! Dat heet aver nich, dat wi maken köönt, wat wi willt." Susanne reeg sik up.

Wo kunn dat bloot angohn? „Mama, de schnackt daar aver ok immer van Geister un vör Geister hebb ik Angst." Se wull Sönndag mit ehr Deerns na de Kark hen un hören, wat se woll menen kunn. Nu schull in Huus faker över de Gloven un wat daar so to hör schnackt werden. Se wull versöken ehr Kinner dat nah to bringen.

„Pastoor de sett vörruut, dat ji wööt, waarüm Wiehnachten fiert wurd. Ji sünd 14 Jar old un willt konfirmeert werden! Dat wööt man as Christ! Ik schaam mi för di!"

An Heilig Avend leeg Saskia ehr mojen Babypupp in de Krüpp. Se harr sik weigert mit de oll Pupp, de al johrenlang dat Christkind weer, to spelen. Se meen, de weer de Wichtigkeit nich würdig. Un ehr weer ok ganz wichtig, dat dat grode Lucht up dat Christkind in de Krüpp schien. Dat weer de Hauptperson.

Saskia harr mit dit Krippenspeel veel daarto lehrt. Dat wurr för de Familie en wunnerbaren Gottesdeenst un en mooi Wiehnachtsfest.

Füürwehrball

Dat pingel an Döör bi Susanne un Heino. Well kunn dat wesen? Weer doch al na negen Ühr. Hannes stund daar vöör. Heino nöög hüm rin. Jeden Jahr in't frohen Föhrjohr keem he un wull Karten verkopen för de Füürwehrball. Hannes weer woll nich bi de Füürwehr, sünner bi dat Landvolk. Aver de beid Koppels harren sik tohoop doon üm ehr Ball to organiseeren.

Bi Heino un Susanne keem he immer wat later. Denn drüff he ok woll en Buddel Beer drinken un en lütten Bisetter. He weer denn dicht bi Huus. Se harren sik immer veel to vertellen. Ditmaal wullen se sik dat Fest nich entgohn laten. Se harren sik al mit ehr Navers verafreed un freuen sik daar up. Eerst schull dat en Wildeten geven. Dat wurr von de Jägerschaft bistüürt.

Denn geev dat en groot Tombola mit Stift- un Fleeschpries. Dat Beste van de ganz Avend weer aver immer de Sketch, de de Füürwehrlüü to'n besten geven. Hier wurden Beleevnissen ut dat Dörp döör de Kakao trucken. Nüms bleev verschoont: weder de Pastoor noch de Ortsvörsteher, aver ok jeden annern kreeg sien Fett weg.

Up Tied maken sik de Navers up't Padd na de Ballsaal. Ünnerwegs harren se al veel Pläseer.

In en köhligen Nebenruum luren de Pries up ehr tokünftig Besitters. Daar geev dat Koteletts, Schnitzels, Bradenstücken, Wursten un Schink. Steert drüff ok nich fehlen. Well schull de woll kriegen? De Haarschnieder harr en nejen Kopp stift un van de Backer schull dat en Toort geven. Mooi verpackte Överraschungspaketen stunnen daar ok noch mit de Naam van de edle Spender. De Kröger harr noch en Buddel Cognac utdoon.

Flink füll sik de Saal. De Dischen weren fertig indeckt. Gemütelk seeg dat ut. Ieverg lepen de Bedeners hen un her. Se seten man eben up ehr Platz, daar wurren se al fraagt, wat se denn woll drinken muchen. De Saal seet vull Minschen. Dat Gebrabbel weer groot. De Musiker speel so sinnig sien Leder. Nu stunnen de Üppersten up: en Füürwehrmann, en van dat Landvolk un de Ortsvörsteher. Jeden begrött de Ballbesökers mit en paar warm Woorden. „Wi hebbt nu all Hunger un freut uns up de Leckerejen ut de Köken. Goden Apetit wünscht wi un laat jo dat schmecken!"

Dat weer dat Teken för de Bedeners un de Musik. Mit Marschmusik wurden de Tuffels, Roodkohl, Rosenkohl, Stipp un dat wichigst, Platten mit Fleesch rindragen. Dat weer en Duft un dat seeg so lecker ut. Denn herrsch bloot noch gefrässig Schwiegen. Man hör höchstens Maal: „Wat lecker!" „Hmm, hmm!" Irgendwenner leeg sik dat aver un de Mesten un Gavels legen up de Tellers. Na dat Dischen afrümen un Drinken upfüllen, fungen de Füürwehrlüü al an en lütten Bühn to boun.

Denn strumpeln al twee Mannlüü mit veel Gedrüüs rin. Se trucken düchtig över ehr Frolüü her. Dat mussen elendig Bessens ween. Düür nich lang, daar keem noch en Keerl daarto. „Na, hebbt ji Ausgang kregen?" froog he de beiden. „Wi hebbt uns Froolüü schoppen schickt! Hest dat nich sehn? Bi Aldi geev dat neei Feudels!" Düür man eben, daar kemen de beid „Froolüü". „So, ji köönt wieder putzen. Hier sünd de neei Feudels!" Van wegen un de Froolüü schoppen schicken. Nu weren de Mannlüü dran. „Das bißchen Haushalt" heet de Sketch.

Nu so langsaam muss dat Eten verdaut werden. De flietige Musiker speel en Danz na de anner. Se kemen bolt gar nich an Disch to sitten. Ennelk geev dat en Paus. De Tombolalosen mussen noch ünner de Lüü. Dat gung hier fix bi de verlockend Pries. Jeder Nummer, de trucken wurr, gewunn. Dat wurr recht spannend uptrucken. Immer na fiev bit sess Pries geev dat weer en Danzrunn. Dat gröttst Fleeschpaket leeg daar nu noch, en lütten Pümmelwurst un de Schwiensteert.

De lüttje Pümmelwurst wunn de Musiker. De eerst Pries gung an en ganz blieden Füürwehrmann: „Un ik hebb mi al en halv Schwien bestellt!" reep he blied ut. Nu fehl bloot noch de Schwiensteert. Vöörher kreeg de Füürwehrmann mit sien Froo aver noch en Ehrendanz. Na en Trummelwirbel wurr nu de Schwiensteert verloost un well kreeg de? Ditmaal weer Kemal dran! Kemal wunn en Schwiensteert up de Füürwehrball. Daarvöör geev dat ok en Ehrendanz mit en Spaanlocke an Gürdel, dat ok sehn wurd, dat he de Priesdrager weer.

De ganze Nacht leep Kemal mit sien Holtsteert rüm. He weer so blied. He harr en Pries wunnen. Traute weer beter wegkamen. Se harr de Backertoort wunnen. Daar schull se woll en Gelegenheit för finnen un Susanne gung mit en mojen Pottblööm na Huus. Bit moorns froh harren se fiert un danzt. De anner Dag weer stur för all. Aver se wullen token Johr up jeden Fall weer los. Weer doch to mooi wesen.

Överraschung in d` Stuuv

Susanne weer in Nood. Bi ehr in Huus weren komisch Luden to hören. De Deerns schullen in d` School wesen un Heino bi d` Arbeid. Se reep bi de Gendarms an. Daar mussen Inbrekers binnen ween. Dat düür man en Moment un de Streifenwagen dreih mit Blaulucht üm Eck.

„Wat is passeerd?" Susanne vertell de Gendarms van ehr Vermoden. „ Geevt se mi man eben ehr Schlödel." De nette Gendarm schloot open un schleek sik rin. He keek links, he keek rechts. As he in Stuuv keem, bleev he stohn un fung luut an to lachen.

„Kiekt maal, well hier is. De is bestimmt nich alleen herkamen!" Midden in Stuuv stunn – en Zeeg. De keek van en up anner un mecker düchtig. Rund ümto leeg dat all döörnanner. De Blömenhocker weer ümkippt, de Blööm leeg up Grund. De Stohl hung ok up Siet. Wat weer daar denn up de neje Teppich? Daar weer doch en Fleck! Un stinken de dat hier! Nich to'n uthollen.

„Üm Gottes Willen! Waar kummt de Zeeg denn her? De kann hier doch nich in Stuuv blieven!" Mit hochroden Kopp stunn Susanne midden in ehr mooi Stuuv. Se harr doch güstern eerst schummelt un nu seeg dat hier so ut. Well harr ehr dat andoon?
Üm Eck keem Katja bi d´ Trepp andaal schlieken. „Katja, wat maakst du denn al in Huus? Du hest doch noch School! Katjaaa? Hest du de Zeeg mitbrocht? Ik keen di!" Katja drucks all wat rüm. „Du weerst dat doch! De hett sogaar dien Spangen in sien Mähn. Wat schall dat? En Deert in Stuuv!" Susanne weer in Brass.

Nu mischen de Gendarms sik weer in: „Du kannst doch nich eenfach en Zeeg mitnehmen. De hört doch woll irgendwell. Van waar hest du de mitnohmen?" Katja stund blarrend vör ehr. „De arm Zeeg kummt moorns immer bi mi an, wenn ik na d´ School goh un ok wenn ik weer kaam. De hett immer so weint. De harr immer Hunger. Ik hebb de al immer extra wat mitnohmen un mien Stück hett de ok faken hat." „Ja, un well hört de nu?" De Gendarms drängeln nu so sinnig. Se harren ok noch anners wat to doon.

„De hört de Buur Peters an Eck. Daar is dat immer so schidderg un stinkt düchtig, un waar de anner Deerten sünd, is dat ok nich beter. Ik glööv, de kriegt ok nix to freten. De arm Zeeg hebb ik blot al maal redd. „Nee, nee, so eenfach is dat nich. Ok wenn du de Zeeg redden wullst, is dat Diebstahl un klauen dröfft man nich!" „Un nu? Mööt ik nu in´t Kittje?" Katja schnücker immer noch.

„Nee, dat bruukst du nich. Aver wi nehmt nu de Zeeg mit un bringt de daar weer hen, waar de hen hört. Waar wohnt de Buur Peters denn genau?" „ De wohnt up de Plaats vöörn an Eck. De quält sien Deerten." Katja weer immer noch upbrocht. „So, Katja, nu maakst du all dien mooi Spangen ut de Mähn ruut. De wullt du ja seker hollen. Wi nehmt de Zeeg bi uns in Auto mit. Achtern up Sitz wurd de fast bunnen un en sett sik daar to. Du bliffst hier bi dien Mama un helpst ehr bi ´t Uprümen."

De Gendarms maken sik mit ehr ungewöhnelk Fracht up Padd. Torügg leten se en trurig Katja, de doch blot en Deert redden wull.

De Buur Peters hett aver nich bloot Besöök van de Gendarms hat, daar weer ok noch de Amtstierarzt un hett mit en groten Veehanhänger dat anner Veeh van Hoff holt. De lütt Deern harr doch en good Gespöör hat. Bloot eenfach mitnehmen weer klauen un dat dröfft man nich.

Veel Malöör tomaal

„Wat maakst du denn al weer hier? Du schullst doch lang in dien Schoolbus sitten!" Susanne reeg sik up. „Mi is de Bus vör d´ Nöös wegfohren. Du musst mi henbringen un dat nu glieks. Ik schriev en Mathetest in de eerst Stünn." Saskia stund daar fördernd bi d´ Döör. „Nee, sett di up dien Rad un seeg to, dat du los kummst. Du harrst al halv daar ween kunnt." „Denn mööt ik no 8 Stünnen Ünnerricht ok noch weer mit Rad torügg, un wi hebbt van nomiddag Sport. Ik mööt van avend noch mit Rad ünnerwegens no mien Fründen."

„Katja, wullt du al mitfohren no d´School oder glieks mit Bus?" Susanne dach sik, dat se in en Tour inkopen kunn. Wurr aver ja Tied, dat Saskia in School keem. In en rasanten Fohrt lever Susanne ehr Deern vör de Döör af – pünktlich to ´t Pingeln weer se daar.

Bloot ünnerwegens weren se blitzt wurden. Susanne schullt as so en Tenenbreker. Saskia kreeg de Schuld. Döör ehr Bummelee harr se sik nu ok noch en Ticket inhannelt. De Dag fung ja good an! Immer dat sülvig mit de Foun. So in Brass fohr Susanne no de Supermarkt.

Ruckzuck füll sik de Inkoopswogen. Water, Tee, Koffie, Saft, Knabberee, en Poor Buddel Wien un denn noch de Fleeschwaren un de Kääs. Weer weer mehr wurden as se plaant harr. Nu aver ab no Huus.

Susanne acht nu aver up de Geschwindigkeit. Se wuss noch gar nich, wo se Heino dat bibringen schull. In Huus ankomen, stell se ehr Tasch un Inkoopsköörv up Schapp af.

In de Moment geev dat en Knall. Wat leeg do bi ehr vör d´ Fööt? En ganzen Buddel van de lecker Roodwien.... de Buddel in dusend

Stücken, överall Spackers at wenn de Schappen Meeisel harren. Un up Grund leep dat gode Natt in all Richtungen. Reich dat för van Daag denn noch nich? Well kien Arbeit hett, de maakt sik wat. Nu kunn se eerst de Footboden rein maken - un dat stunk! As en Kneip no en Saufgelage. Harrijasses!

Ehr seet ok de Tied in Nack. Se harr noch nix uprüümt. Katja harr dat Fröhstück woll van Disch af stellt. Aver de Rüüms mussen noch upklaart werden un mit de Huulbessen muss se daar ok noch döör. Se kipp flink en Döös Linsensopp in Pott un dee daar rökert Wurst un würfelt Tuffels to. Denn harr se wenigstens Middageten för de Kinner un Heino klaar. Nu in Röön bi de Trepp anhoch un de Rüüm klaar maken.

Mit en groten Köörv vull schidderg Wasch keem Susanne van boven. Up de dartletzt Stuf rutsch se af un stolper wieder andaal. Do leeg Susanne vör d´ Trepp. Ehr de dat Kneei sehr un de Enkel. Se kunn bolt nich weer to Been komen. Un lopen? Dat gung gar nich. Humpelnd vertruck se sik up Sofo.

Dat düür gar nich mehr lang un denn keem Katja al bolt. Oh, daar klingel se al. „Katja, schluut sülvst open!" De Kinner harren för en Noodfall elk ehr Schlödel.

„ Mama, wat hest du? Waarüm liggst du up Sofo?" „Ik hebb mehr Treppenstufen up eenmaal nohmen un do leeg ik ünnern. Dat is nahst weer beter. Maak di nu en Brood, un ik kook van avend!" Katja maak sik Sörgen üm ehr Mama. „Mama, hest du di düchtig sehr doon? Schall ik en Doktor anropen?" „Nee, mien lütt Muus! Dat bruukst du nich. Maak mi man en Tass Tee un denn wurd dat weer." De lütt Sörgmoder weer in Köken an Tee maken un Brood schmeren. Sogaar lütt Tomaten un Gurken harr se to dekoreeren nohmen. Bloot Susanne ehr Pien wurr statt weniger all mehr.

Avends weer dat eerste, wat Heino de, ehr in Auto packen un no de Doktor befördern.

De Doktor schick Heino un Susanne glieks no´t Krankenhaus to röntgen. Hüm bang, dat daar wat anners mit weer. Van all Sieden wurren daar ok Upnohmen maakt. Man dat düür all. Se harren dat Geföhl, de ganze Landkreis harr sik to de sülvig Tied versammelt. De Doktor harr denn ok gar nich so good Norichten för ehr:

„Sie haben sich das Knie stark geprellt. Da hat sich ein Bluterguss gebildet. Das dauert bis sich das zurückgebildet hat und ist äußerst schmerzhaft. Der Knöchel ist gebrochen. Sie bekommen dafür einen Spezialschuh zum ruhig stellen. Sie bekommen dazu noch Gehhilfen. Laufen dürfen sie auf keinen Fall." Susanne kullern Tranen över d´Wangen. Un nu? Se harr twee halfwussen Kinner in Huus un de Arbeit, well maak de?

Heino beruhig ehr aver. Wenn se nich in Krankenhuus blieven wull, muss se doon, wat de Doktor see. In Huus schull sik dat woll finnen. Blied, dat Mama un Papa no Huus kemen, wull Saskia glieks weer bi ´t Padd.

„Nix, du bliffst bi Huus! Ik hebb jo wat to seggen un daar hollt ji ok an! Anners gifft dat schlimmen Meut!" Dat Gemuul weer groot. Bloot wiel ehr Moder nich vernünftig de Trepp daal lopen kunn, schull se bi Huus blieven. Oh, Mann!

Katja ümsörg ehr Mama weer mooi un maak ehr en bequem Nüst up Sofo torecht. Heino rüüm graad de Köken up, Saskia hulp hüm mulend. „So ji beid, nu luurt mi eben genau to. Ik segg dat bloot een Maal: Mama dröfft un kann nich lopen. Överhoopt nich! Wenn se dat deit, mööt se in Krankenhuus. Ji mööt nu mithelpen. Morgens pingelt jo Wecker en vierdel Stünnen eher un denn wurd glieks upstohn. Fröhstück maak ik up Disch. Ji mööt dat bloot weer wegrümen. Wenn ji ut School kaamt, schmiet ji jo Bökertaschen nich so in Ecken. De bringt ji glieks up Stee. Dat gelt för all beid. Middags köönt ji denn ok woll en Stück Brood un Tee maken. „Un Mama, wat maakt de?" Saskia weer sik de Ernst nich bewusst.

„Mama blifft up Sofo." „Ik help jo denn. Koken kann ik nich. Daar mööt ji to helpen, vör allen Dingen du, Saskia. Du kannst dat woll al." Nu wurr Saskia blaß. Wat schull se? Koken? Un wenner keem se noch no ehr Frünnen? Lehren muss se ok doch! „Ik help di so good ik kann. Schnippeln un Tuffels schielen un sowat kann ik ja woll. Bloot bi d´ Ovend stohn to röhren kann ik nich. Wi fangt moorn glieks an."

„Immer ik!" Saskia paß dat gar nich. Se füüg sik aver eerst Maal. „Mama, ik kann ja ok maal koken!" meld sik de lütt Katja to Woord. „Du helpst ok mit. Ik will ok woll maal Pott hekstern. Doon mach ik dat ok nich. Wi mööt nu aver all mithelpen. Rein maakt werden mööt ok. Ji beid rüümt jo Schloopstuven sülvst up, all anner find sik."

Anner Dag kreeg Saskia glieks en düppelten Upgaav. Se muss för de Spagettis en Hackfleeschsooß koken un ok noch Gulasch braden. Susanne seet bi ehr in Köken mit ehr lohmen Flunk up Stohl un verklookfidel ehr dat Tree för Tree. Tüschenin schneed se Schalotten un Tomaten in lütt Würfels.

Saskia pass mooi up, dat se allens recht maak. Gung ja üm ehr Lieblingseten.Sogaar en leckern Salaad schnippeln de beid noch torecht. Mama wies ehr genau an, wat överall in muss. Afschmecken muss Saskia. Dat gefullt ehr woll.

„So, mien Deern, nu mööt wi ok noch de Gulasch för moorn braden.

Anners wurd de uns schlecht." Ok hier weer Saskia ieverg togang. Ehr bruuk dat gar nich faken verklaart werden. No un no braad se dat Fleesch an, de Schalotten in d´ Pott, Paprika un Tomaten un Gewürz daarto. Denn haal se de Döös Poggenstöhl ut Spieskamer un kipp de daar up. Nu kunn dat all koken. In en annern lütten Pott wurr de Roodkohl, Heinos Lieblingsgemüüs, upsett.

So harren de Beid al Eten för twee Daag klaar. Nu wurr dat Tied, Water för de Spagetti to koken. Heino stunn glieks up Matt. He schull denn bloot noch eben de groot Pott mit de heet Nudels afgeten.

Bi ´t Eten meen Saskia denn doch, dat ehr dat woll Spaaß maakt harr. All harren ok ja düchtig de lecker Sooß loovt. Sess Week hett Saskia mit ehr Mama kookt. Ehr fullen sogaar sülvst Saken in, de se woll tobereiden wull.

Susanne harr noch en mojen Kladde liegen. Daar schreev se stiekum all de Rezepten in, de se tohoop kookt harren.

Dat Huus rein maken harr sik ok hulpen. De beid Deerns harren ehr Saken immer glieks wegrüümt. Gung doch! Tüschenin wurr denn Maal de Huulbessen in Gang schmeten. Minna, ehr Spöölmaschin leep nu maal faker. An Wekenenn wirbel Heino denn döör ´t Huus un weer an putzen. Luut sung he daar denn bi: Das bißchen Haushalt macht sich von allein.... He wuss nu, wat all so anfullt.

Susanne weer so richtig stolt up ehr Familie. Ohn ehr harr se in Krankenhuus musst. Un of de Pleeg so good ween harr? So langsaam hucksel se ok weer döör´t Huus un övernehm dat Regiment.

Ehr ganz Malheur, wat se up de en Dag tomaal hat harr, harr ehr wiest, dat se sik up ehr Familie verlaten kunn. Ganz besünners Saskia weer verantwortungsvuller wurden.

Unverhofften Hülp

„Minsch, Heino! Wo mööt dat bloot mit Saskias Kunfirmation? Ik bün al all an överleggen ween. Dat sünd nu noch fiev Week bit Ostern un 14 Daag later is Kunfirmation. Un ik loop immer noch mit Krücken. Binnen kann ik mi ja woll helpen, aver dat Huus mööt doch maal gründlich rein maakt werden. De Fensters kannst bolt nich mehr ruut kieken." Susanne weer ganz verdreelk. Se wüss sik överhoopt kien Raad mehr. Heino un ehr Deerns Saskia un Katja hulpen düchtig mit.

Aver dat weer ja komisch. Wenn man so seet, seeg man veel mehr Saken, de man anners liggen leet. Susanne harr ehr Naihsaken uparbeid. An Naihmaschin kunn se woll nich, Aver mit Hannen harr se ja nix. All wat stoppt un naiht werden muss weer weer heel.

Nu maak ehr bloot dat Reinmaken Koppterbreken. To Ostern schull dat doch wat schier ween. „Kannst dien Süster Marie nich maal fragen? De hett kien Kind af Küken un arbeit bloot halv Daag. De harr doch woll maal en Nomiddag Tied, di de Fensters to putzen un viellicht maal gründlich rein to maken."

„Dat stund ehr egentlich woll maal an. Bloot se kummt ja man eben anfluttern, sitt mit en Morsbill up Stohl, wiel se no ehr Dünken kien Tied hett. Se mööt hier noch achter to un daar no d´ Gymnastik no ehr Schnack. Se verbreed egentlich bloot Unruh. Tee drinken bloot ut ´n Beker, dat geiht flinker – laut Marie." överleeg Susanne luut.

„Ik roop ehr moorn maal an. Frogen köst nix. Irgendwat mööt passeeren. Anners mööt ik en Putzfroo hebben." Susanne geev sik eerst tofree.

Anner Avend schnack se mit ehr jünger Süster. „Wo denkst du die

dat denn? Ik schall dien Huushollen ok noch mitmaken? Well bün ik denn? Ik goh arbeiten un hebb noch so veel anner Termine un avends will Jochen ok noch eten hebben. Ik bün doch kien Putzfroo." Susanne weer all Blood ut Gesicht weken. So as ehr Süster sik upplustert harr. De harr se glieks twee Maal fraagt – eerst un letzt Maal. Dat harr se nich van ehr dacht, aver schull se maal in Verlegenheid komen, wull se ümdenken. Susanne kullern Tranen över d´ Wangen. Se föhl sik so hülplos.
Heino nehm ehr in Arm. „Dat riegt sik all. Schallst man sehn. Wi hebbt daar boven en, de up uns uppasst. Saterdag kummt nu en lütten Anzeig in´t Bladd. Denn kriegt wi en Hülp in´t Huus." versprook he ehr.

Nächst Dag klingel dat an Döör. „Moin, ik wull eben kieken, wo Mama dat gung mit ehr broken Flunk." hör Susanne en Froolüüstimm. Katja leet de rin. „Tant Minchen! Dat is ja maal en Överraschung. Wat freut mi dat, dat du mi besööchst. Katja, denn sett du man graad Teewater up. Ik hebb nomiddags mestens en van mien Deerns hier. Ik bün ja nich beweglich." Susanne weer richtig updreiht, so freu se sik.

„Jo, dien Mama harr dat vertellt, dat du so en Pech hat hest." „Ik lunger hier nu al veer Week wat rüm un daar is kien Enn af to sehn. Ik hebb de Nöös so vull!" „Dat kann ik mi denken. Hest du denn Hülp? Dien Mama hett daar ja ok kien Tied to."

„Heino un Saskia un Katja doot ehr Best. Uprümen mööt de Deerns nu sülvst un dat nödigst staubsaugen. Baadzimmer un Klo maakt Heino. Saskia un ik kookt avends tosamen. Dat klappt ganz good. Se hett daar sogaar Spaaß an funnen. Aver so richtig gründlich is dat ja all nich." Bedrööft keek Susanne ehr Tant an. „Un waarüm röppst du mi nich an? Meine Güte, ik kann doch een oder twee Maal in Week herkomen un di de Huushollen maken. Schall ik van

59

Nomiddag noch wat maken.? Musst du wat wuschen oder plätt hebben? Dat kann ik ja so nebenbi maken."

„Dat würrst du doon? Ik laat mi nich twee Maal frogen. Jo, daar steiht en Köörv vull Wasch, all Heinos Hemds. Plättst du de? Dat trou ik Saskia nich to. Ehr egen T-shirts mööt se sülvst. Ik wööt nich woveel Tüüg daar is. Dat maakt Heino Wekenenns." Susanne fullt en ganz groten Steen van't Hart. Dat regel sik schienbaar doch all van alleen.

„Ik kiek eben to. Anners stell ik noch eben en Maschin Tügg an. Plättbredd bring ik mi denn ok mit, steiht doch seker in Waschroom un de Bügelwasch? Ok?" Tant Minchen legg en Tempo vör. Düür man so eben, do stunn se mit allens bi Susanne. „So, schnacken köönt wi nu ok un Tee drinken ok. Wenn wat kört is, kriggst du dat glieks. Passt doch!" De beiden harren sik veel to vertellen un de Waschhopen wurr immer lüttker.

„So, ik kaam moorn froh weer un denn maak ik di dat ganz Huus rein. Viellicht köönt Heino un ik to Ostern ok noch Maal de Gardinen afnehmen. De Fensters putz ik di denn noch." Susanne muss al weer blarren. Tant Minchen harr de Himmel schickt. Nu keem se jeden tweden Dag un maak de Huusarbeit doon.

To Saskias Kunfirmation leet se sik nich nehmen noch en poor Torten bitostüren. So langsaam weer Susanne ok weer beenig. Ehr Krücken bruuk se bloot noch för länger Strecken. All mitnanner verbrochen se mooi Osterdaag un later en mojen Kunfirmation. Dat Middageten geev dat in en Kroog. De Teetofel weer in Huus dank Tant Minchen. All packen mit an, so kunn Susanne ehr Been schonen.

Later see Saskia: „Wat hebb ik en mojen Dag mit mooi Överraschungen hat." Dat weer för Susanne de moiste Lohn.

För Tant Minchen ehr Hülp in de ganz vergangen Weken wullen se sik noch wat infallen laten. En eenfach „Danke" reich daar nich!

Wat liggt daar in Tuun?

Susanne weer in Huus an rein maken. Se harr dat drock. Van moorns weer eerst noch de Termin bi de Optiker ween. Jo, se wurr old. Se muss en Leesbrill hebben. Nütz aver ja nix. Geev ja mooi Gestellen, un se harr en pfiffig funnen. Token Week schull de klaar ween. Denn much dat tükern bi ′t Bladd lesen woll vörbi wesen. Wiet kieken kunn se as en Luchs.

Tüschenin muss se sik noch üm de Middagspott kümmern. Schull döörstampt Bohnen mit Gurkensalaad geben. Dat eten ehr Deerns ok geern. Do hör se ünnern al de Huusdöör. Nu man graad de Trepp daal un dat Eten up′n Disch. Saskia un Katja seten al plappernd paraat. De een harr noch mehr beleevt as de anner. Mit en Liev vull Eten verschwunnen se in ehr Kinnerstuven. Dat Lehren schull maakt werden un dat muss de sülvige Dag passeeren. Daar harr Susanne en Oog up.

Nu gung dat in ehr Plaan wieder. Ehr Schlaapstuuv un dat Baadzimmer luren noch up ehr. Am leevsten weer Susanne in′t Bedd kropen, statt dat frisch to betrecken. Tomaal hör se Saskia gieren, as wenn ehr en an′t Leven wull. „ Mama. Mama! Daar liggt en Rött!" Watt reep de Deern? Hier harren noch nie Rötten ween. Nu muss se stark wesen. Rötten much se ok nich lieden.
„Saskia, dat kann nich!" „Doch, Mama! Kiek doch! Daar achtern! Daar achtern up d′ Rasen! Kiek doch!" De arm Deern triller an′t ganz Leven. Hol de daar weg!" Susanne aam deep döör, gung in d′Schuppen un hol sik en veertinten Föörk. Nu muss se mit ehr kloppend Hart up de Rött an. Je dichter se daar bi keem, je langsaamer un vörsichtiger wurden ehr Treden.
Daar leeg würgelk wat bruuns. Aver en Rött? De seeg doch anners ut! Un de würr daar ok nich so regloos liggen. Nu fung Susanne an to lachen. So lacht harr se lang nich. Saskia stunn mit beid Hannen vör′t

Gesicht vör´t Fenster. Se wuss ja immer noch nich wat dat weer.

Susanne nehm de „Rött" up Förk un gung up Huus an. Nu stunn Saskia nich bloot mit Hannen vör´t Gesicht, se weer ok all up Stee an trappeln. Susanne lach immer noch. Se hol ehr Deern ruut. Se schull sehn, wat dat för en Rött ween harr, Saskia wehr sik mit Hannen un Fööt, aver ehr nütz dat nix. Liekenblass gung se mit.

Nu fung ok Saskia an to lachen. „Nee, Mama! Wo kunn ik mi daar so bang vör maken? Aver van wieden seeg dat ut as en Rött!U Un wat is dat nu? Nee, oh nee!" Se kunn sik ok nich beruhigen. Susanne leeg de „Rött" eerst bi de Achterdöör hen. De wull se noch as Deko bruken.

Dat düür gar nich mehr lang un Heino keem van sien Arbeit no Huus. Nu man graad reinmaken klaar maken un denn Teewater in Schweet jogen.

„Wat schall dat oll Stück Törf denn bi d´ Achterdöör liggen?" keem de glieks rin. „Wullt du daar mit böten?" Nu prusten Susanne un Saskia ut vör lachen un vertellen hüm van de Rött.
Dat Stück Törf aver hett en besünnern Platz bi de Vördöör kregen in en mojen Blömenkübel. Se hebbt nie erfohren, wo dat Stück Törf in ehr Tuun kamen is.

Sperrmüll

Wat weer dat mooi Weer. Oma Marie maak en Spazeergang. Se keem ut anner Richtung de Karkstroot weer up Huus an. De weer ja eerst neei utbout wurden mit sien mojen breden Footpadd. De neei Stroot weer de liekste Rennbohn wurden. Gendarms stunnen hier woll maal to kontrolleeren.

Aver nu weer ´t ja wat. Nu leeg daar doch glattweg Sperrmüll an de Stroot. Na ja, richtiger weer, dat weer up Footpadd. Oma Marie keem daar nich mit ehr AOK - Shopper vörbi un en Moder mit Kinnerwogen ok nich. Dat gung ja woll gar nich. Se keek no all Sieden, denn gung se över d´ Stroot üm dat Möbelmang to. Se harr Glück, daar keem jüst kien Auto.

Se wohn man dree Hüüs wieder. As eerst greep se sik daar dat Telefon un reep de Gendarms an. „Hört se, dat geiht ja woll gar nich, dat de Sperrmüll up Footpadd liggt. Daar kann man nich vörbi. Kaamt se in d´ Karkstroot un kiekt sik dat an. Ik goh daar weer hen. Mooi, ik luur!"

Blied gung se weer no de Müllhopen. Bloot nu weer de nich mehr alleen. Navers Deern, Saskia heet de, weer daarbi. Se reeg sik up: „Wat schall all mien Möbel denn hier an Stroot. Dat is all ut mien Stuuv! Well hett dat hier henstellt? Dat bruuk ik doch noch!" Tranen kullern över ehr Wangen, as de Gendarms kemen. „Dat is good, dat se kaamt! Dat is all mien. Dat hett hier irgendwell henstellt. Dat hört all in mien Stuuv! Hier mien Sofo, mien Schrievdisch, mien Disch un mien Lucht. Sogaar mien nejen Schrievdischstohl. De hebb ik eerst to Geburtsdag kregen! Wat bedütt dat ?"

De Gendarms kunnen daar gar nich tüschen kamen. „Ruhig! Haben sie uns angerufen?" „Nee, nee, dat weer ik nich. Aver trotzdem! Dat geiht doch nich!" Saskia beruhig sik noch nich. „Ik hebb anropen," meld Oma Marie sik. „Man kann sien Sperrgood doch nich up Footpadd schmieten!" Se keek Saskia kriebig an. „Ik wohn daar vörn, Nr. 5." „Sie sind Frau Holtz? Gut, wir kommen gleich noch zu ihnen. Sie können nach Hause gehen." Se schuffel no Huus to. De Gendarms schullen daar nu woll för Örnung sörgen.

Saskia zeter daar immer noch rüm as so en Waschwief. De Gendarms drungen bolt nich no ehr döör. „So, jetzt hören sie mir mal zu! Wie alt sind sie?" froog de öllere van de beiden un keek ehr liek in Ogen. „Ik bün 15!" keem do ganz kleenluut. „Aver dat gifft mien Öllern noch lang nich dat Recht mien Kraam an Stroot to stellen." futer se glieks weer los. „Geben sie mir erstmal ihren Ausweis. Haben ihre Eltern denn mal etwas gesagt, das sie ihre Möbel ausräumen wollen?" De Gendarm harr sülvst Kinner un wüss, wat sik in Huus all so afspelen kunn. „Och, ik schall immer uprümen. Bloot de keent mien Örnung nich. Ik finn mien Kraam!" „Aha, so so!" meen de Gendarm.

Do seeg Saskia, dat ehr Papa up Stroot anlopen keem tosamen mit sien besten Fründ. „Papa, hest du mien Möbelmang ruutbrocht? Dat is doch mien Sofo un Schriefdisch un PC un all anner!" „ Jo, un de schidderg Glöös un de halv vull Chipstuten un de schimmelig Joghurtbekers! Dat is all dien, mien Deern! Wo faken hebbt dien Moder un ik di dat in goden seggt, dat du dien Buud uprümen schullst. Wi hebbt di faken genoog warnt un ok dat du old Swien dien blau Wunner noch beleven deist, wenn du so wieder maakst. Nu hest du dien Bescheed!"

Saskia keek hüm mit wiet openreten Ogen an. „Spinnt ji? Sowat geiht doch nich! Gendarms sünd al hier. Ik zeig jo an!" „Tut mir leid! Das sollten sie erstmal im häuslichen Bereich klären. Ist das wirklich so abgelaufen? Haben sie wirklich die Möbel rausgetragen?" „Ja, nee!

Alleen weer ik dat nich." drucks he rüm. „Nee, ik hebb hüm hulpen. In Würgelkeit weer de Idee ok van mi. Ik kann över so Zickerejen mitschnacken. Hebb sülvst dree Kinner in dat Öller." geev de Fründ nu to.

„Was sie auf ihrem Grundstück machen, bleibt ihnen überlasssen. Doch den Bürgersteig müssen sie frei räumen. Da müssen problemlos Kinderwagen und Rollatoren bzw Rollstühle durch können. Ich bitte sie also das aufzuräumen. Und nun zu ihnen, junge Dame! Sie sollten sich die Worte ihres Vaters zu Herzen nehmen. In einem aufgeräumten Zimmer findet sich vieles schneller wieder an." Saskia wull jüst Luft holen, do reed he wieder: „Nützen sie jetzt die Chance und renovieren gründlich. Lassen sie sich gleich einen Eimer Farbe kaufen und streichen gleich die Wände. Sie werden sehen, es lohnt sich!" Beschaamt truck Saskia nu af.

Up de Weg no Froo Holtz amüseer sik de öllere Gendarm: „De gaanz Buud utrüümt hebb ik noch nich, ik hebb letzt aver ok maal de Zimmerdöör twee Daag van uns Öllsten uthangen un in Keller brocht. He meen, dat he daar mit rümballern muss. Wat harren wi tomaal en Ruh in Huus!"

„So, Froo Holtz, nu mööt wi van ehr noch wöten, of se dat anzeigen willt. Denn kriegt de Straaf oder willt se daar van afsehn?" „Nee, wi weren ja sülvst ok maal jung. Dumm Tüüg hebbt wi ok maakt. Sowat keen ik aver nich. En kumpleet Huck utrümen! Ik kann mi besinnen, dat mien Mama bigohn is un mien Boord ut Schapp reten hett, wenn dat all döörnanner daarin leeg. Denn leeg dat up en Dullt daar vöör. Ünnertüüg, Pullovers, Blusen. Un wenn dat kruus wurden weer, wurr dat plätt un dat wat daar anners noch luur, daarto. Straaf muss ween!" So harr dat sowat al in fröher Tieden geven. De harren sik up ehr Aart un Wies to helpen wusst.

65

Helma Gerjets

Die Mutter einer Tochter lebt in Hesel bei Leer und schreibt seit 2012. In ihrem Umfeld trifft sie immer wieder auf Kurioses oder Interessantes, was sie in kleinen Geschichten verpackt wiedererzählt. Manchmal reichen kleine Halbsätze oder Stichworte, um daraus eine Geschichte zu erzählen.